深海の寓話

森村誠一

角川文庫
21998

目次

第一章　人生の大海

鯨井義信《くじらいよしのぶ》は、はっとなって目覚めた。

窓の隙間から薄明るい光が射し込んで来る。早起きの野鳥が喉《のど》を競っている。同じ方角から踏切を通過する電車の走行音が聞こえてくる。

ベッドから飛び起きようとして、すでにその必要がないことに気がついた。

〝会社〟は定年退職《リタイア》していることを忘れていた。数十年の習慣が、リタイア後も心身に染みついている。

暇な暮らしだが、現場に長期間、事件が解決するまで閉じ込められるよりはましである。

所轄署の殺風景な道場に解決まで泊まり込み、家人に洗濯物などを運ばせて、犯人を追う。

事件解決の打ち上げ式の酒の味は格別であるが、迷宮《オミヤ》入り事件の捜査本部解散の後味の悪さは、形容のしようがない。

警察官になってから刑事畑一筋に、定年を迎えた。

その間、事案の真実と正義の実現を追求して、定年までひたすら走りつづけた。人生の最も実りある時期を、警察官（刑事）として消費した。

現役中、家族を置き去りにして、一家団欒《だんらん》の時間もほとんどなかった。申し訳ないとおもいながらも、赤の他人を護《まも》るために、家族は最後にまわす。それが鯨井の人生であった。

刑事には身勝手な自由はない。自由があるとすれば、刑事を選んだ自由があった。そして警視庁の巡査に任命されてから四十年、定年退職まで八十数件の殺人容疑者を追いかけた。

これから何年生きられるかわからないが、人生第一期の仕込み時代（親の保護を受けての学業時代）、第二期の警察官としての現役時代を経て、リタイア後の自由期に入ったのである。

引退後は、反社会的なこと以外はなにをしてもよい自由と、なにもしなくてもよい自由の大海に放された。

学業期から第二期の現役期に移るのは、さして抵抗をおぼえなかったが、人生第三期の自由期に臨んで、進むべき方位に迷っていた。

現役期は、警察というタテ社会《ピラミッド》の一員として、上司、前例、組織の厳しいルールに忠誠を誓えば、厚い庇護《ひご》をあたえられる。一種の過保護である。

だが、リタイア後は、せいぜいOBの集会に参加して、想い出話をする程度である。

のんびりと目覚めて、窓から洩《も》れ入る早暁の光、野鳥の囀《さえず》り、ふんわりして温かい蒲《ふ》団《とん》にくるまれている自分を発見して、改めてフリーになった自分に気がつくのである。

現役時代は自宅で起床しても、のんびりはしていられない。慌てて身支度をして、朝食もそこそこに、現場や捜査本部へ向かう。

事件番ともなれば、自宅にいても、呼び出しがかかるまで待機していなければならず、家族の団欒など、めったにない。

鯨井は退職して初めて、自由というものの無限性と、海のように膨大な時間の使い方に、途方に暮れてしまった。

いくら時間があっても足りないくらいの現役に比べて、無限の時間の海を前にして、今日一日をいかにして過ごすか、そして明日《あした》、明後日《あさって》、それ以後も無限につづいている未来を前にして、しばし茫然《ぼうぜん》としている。

ともかく、ゆっくりと時間をかけて寝間着から日常の服に着替え、顔を洗い、口をすすぎ、狭い庭に出て早起きの野鳥の喉比べを聞きながら、メールボックスに突き込まれている新聞を取り出し、立ったまま第一面から見出しを追っていく。

現役時代には、たまの休日の時間を楽しんでいたが、今は無限の時間をどうやって費やすべきか。新聞を手にしたまま、見出しを機械的に追っているだけである。

そして自由というものの使い方の難しさと、残酷な退屈に気がつくのである。

新聞に殺人事件のニュースなどが掲載されていると、束の間、現役時代の緊張した自分に戻るが、そのニュースはすでに自分とは無関係であることを学んだ。

自分には、あたえられた無限の時間を使う術《すべ》も、行くべき場所も、会うべき人もなく、なにをしてもよい自由があっても、なにをしてよいかわからない。

自分より先に退職した先輩OBが、

「自由は残酷だぞ。一日、いや一時間、あるいは数分ごとに、なにもすることがないという自由ほど辛《つら》いものはない」

と言った言葉が身に沁《し》みた。

(さて、今日という一日をどう過ごすか。それが問題だ……)

と自分に語りかけて、退職後の自由な一日が始まるのである。

同時に、なにもしなくてもよい自由が待っている。

だが、多年の家庭不在の間に、家長が閉じこもる場所《スペース》は失われていた。

家族は家長が常に家庭不在であることに馴《な》れ、その位置は妻、あるいは子供たちに奪われていた。

家長が帰って来たからといって、簡単にそのスペースを明け渡すわけにいかない。家長は家に居ないのが当たり前になっており、長期間の不在中、その間に居座った者に、一種の占有権が成立しているのである。

家長も長期不在の責任を感じ、自分の占位していたスペースを取り戻そうとする気はない。

それは、家庭だけに限られることではない。集団に所属している者は、その集団から長期間離れていると、集団員としての資格は形式的に維持されていても、集団から疎外され、自分のデスクや椅子は他の者に奪われている。

ましてや警察は、軍隊に準ずるピラミッド型タテ社会構造であり、同じタテ社会でも、百戦錬磨のエキスパートが優遇される民間会社と異なり、資格《キャリア》（階級）が物を言うのが警察社会である。

このピラミッド型タテ社会を貫く絶対的な法則は、「上司には絶対服従」である。つまり、タテ社会構成員の原理は、能力や知力や要領などではなく、階級である。

現役中、どんなに靴の底を磨《す》り減らして犯人《ホシ》逮捕を積み重ねても、ノンキャリアでは、キャリアの新幹線のような高速昇進には敵《かな》わない。

そして現場に生きているノンキャリアは、昇進よりも犯人《ホシ》の数を追っている。

出世が早すぎるキャリアは、最高位の警視総監に達した後も、政治家が面倒をみてくれる。また、上層部のキャリアは、公団・公社などの幹部として天下《パラシュート着地》りする。

だが、ノンキャリアは定年退職後、だれも骨を拾ってくれない。自由という名目の下に肩を叩《たた》かれ、大海に放り出されるだけである。あとは自力で泳がなければならない。

鯨井は、キャリアとノンキャリアの差別に不満を持っているわけではない。

キャリアは一流大学を卒業し、国家公務員上級試験の合格者から選抜され、エリート街道を走り始める。

管理・監督、出世競争に憂き身をやつすよりも、血まみれの死体が転がっている現場を渡り歩くほうが性に合っている者は、現場から離されて、自由の海で勝手に泳げと言われても、陸に上がった河童《かっぱ》のようなものである。千軍万馬の刑事がどんなに頑張っても警部止まり、よくて警視に指の先が束の間届く程度である。

リタイア後、自宅で目が溶けるほど朝寝坊をしていても、捜査本部や現場からお座敷(呼び出し)はかからない。

つまり刑事としてどんなに実績を積み重ねても、リタイア後はニーズがないのである。

OB刑事の中にはホテルや、マンションや、民間会社の守衛、管理人になったり、警備保障会社に入社したりした者もいる。

「鯨《げい》ちゃん、あんたも警備保障《セキュリティ》会社に入らないかね。まだ先は長い。あんたにその気があれば、推薦してやる」

OBの先輩が声をかけてくれた。

だが、鯨井には、ようやく得た自由を新しい会社にまた縛られたくないという意識があって、折角の慫慂《しょうよう》を辞退した。

四十年にわたる警察生活から自由になった身である。自由の海をどう泳ぐべきか、今は迷っているが、鯨井には彼なりのしたいこと、行きたい場所、会いたい人間などが漠然とあった。

「そりゃ残念だな。あんたほどの腕利きだったら、セキュリティ会社で、もう一花も二花も咲かせられるんだがな。まあ、その気になったら、いつでも言ってきてくれ」

と、OBは残念そうに言った。

OBが持ってきてくれたお座敷を断わったことを、鯨井は直ちに後悔した。一花も二花も咲かせられるというOBの言葉は、魅力的であった。二花どころか、昔取った杵柄《きねづか》で幾花も咲かせられる自信はある。

だが、花を咲かせる畑は自分のものではない。他人の畑に幾花咲かせても、結局は自分の花ではない。

四十年間、他人の畑で働いてきたあげく、忠誠、責任、使命、義務などから解放されたのだ。せめて自分の畑に花を咲かせたいとおもった。贅沢《ぜいたく》な希望《ビジョン》である。

しかしいざ現実に花を咲かせようとしても、勝手がわからない。

現役時代は仲間がいた。聞き込み《アゴトリ》、張り込み、尾行、家宅捜索《ガサ》、職務質問《ヒキアタリ》（実況見分・現場観察）、逮捕など、腕利きの仲間たちが揃っていた。

かつての頼りがいのある仲間と別れ、ただ一人の自由はあまりにも広大で、どこから手をつけていいかわからない。

自由の海に階級はない。資格も不要である。だれからも強制されることなく、眠りたいだけ眠る。行かなければならない場所もない。

退職日の翌朝から、数日は朝寝を満喫した。

現役時代は、不眠が数日つづくこともあれば、倒れ込むように寝たら眠ったとおもう間もなく叩き起こされ、粘着剤で貼りついたような目を無理やり開けて、早朝の捜査会議に臨んだり、現場へ呼び出されたりした。刑事になったからには、睡眠は盗み取るか奪い取るものである。

自分の自由意志に基づき、眠りたいだけ眠れるのは、刑事になってから滅多にありつけない恩恵であった。

四十年ぶりの恩恵が、当座は信じられないほど有り難かった。目が溶けるような睡眠が人間にあたえられることが、奇蹟《きせき》のようにおもえた。

そして枕許《まくらもと》に伝わる朝の電車の走行音を聞きながら、通勤電車に貨物のように詰め込まれた寝不足のサラリーマンが毎日同じ職場に運ばれていく無表情な姿を、昨日までの自分に重ねて、優越をおぼえた。

十年一日のように同じ職場へ運ばれて行く働き蟻に比べて、自分はぬくぬくと温かい蒲団にくるまれて、惰眠《だみん》を貪《むさぼ》っている。

平日、好きなだけ惰眠を貪れる快感は、優越以外のなにものでもない。

だが、十日も経ってくると、朝は早く目が覚め、惰眠を貪る必要がなくなった。

三〜四日朝寝坊しているうちに、四十年間蓄積した睡眠不足は十分に補完され、疲労は消える。むしろ寝床に横たわっているほうが退屈し、不快になってきた。

まない。

四十年間、四～五時間の睡眠で、十分に鍛えられていた身体は、連日の朝寝坊に馴染《なじ》

家族がまだ眠っている早暁に寝床から起き上がり、新聞を手にして、早朝の散歩を始めるようになった。

だが、野鳥の喉《のど》比べを聞き、新聞を読み、散歩をする程度では、自由な一日を消費できない。感じの良さそうな喫茶店を見つけて入っても、せいぜい三十分である。

現役時代の激流のように迸《はし》る時間に比べて、退職後の時間は、淀《よど》のように動かなかった。

家に帰っても、なにもすることはない。

現役時代、あれほど憧《あこが》れていた自由は、なにをしてもよいはずが、すべきなにものもない。

また、なにもしなくてもよい自由があっても、なにもせずに引きこもる自由なスペースがない。

鯨井は、靴底を磨り減らして犯人を追い、歩きまわった現役に比べて、なにもすることがなく、どこにも行くところのない辛さを初めて知った。

行きつけのカフェから帰って来て、遅い朝食を独り寂しく摂《と》って、さて、今日一日をどのように過ごすか、ぼんやりと考える。

一日何回か喫茶店へ行っても、常連たちは適当な距離をおいて、新聞や本を読んでい

る。酒場とちがって、「小皿叩いてちゃんちきおけさ」というようなわけにはいかない。

いずれも定年退職したような年配が、それぞれの〝指定席〟を取って時間を流しているが、眼で挨拶《あいさつ》を交わすだけで、それぞれ孤独な距離《ボディテリトリー》に閉じこもっている。

彼らには、侘《わび》しさを共有《シェア》するという芸はない。つまり、それぞれの自由に閉じこもっているだけである。

現役時代、激職や激務に就いていた者ほど、自由の効率的な利用法を知らない。知らないというよりは避けているようである。

現役で人生を終えたかのように、折角の自由時間をただ漫然と流している。

互いのボディテリトリーをおいて目礼を交わす程度の常連が、読書をしていることからヒントを得て、鯨井も図書館へ行って本を借りた。

今どきの図書館は純文学から娯楽本《エンターテインメント》、漫画、それも新刊、諸雑誌、新聞、DVDまで揃えている。

図書館とは、時間を有効に流す良い場所を見つけたとおもった。貸出も可能であるが、我が家には、独り読書に耽《ふけ》るスペースもない。

ふと周囲を見まわすと、鯨井と同年配の人生第三期とみられる、特に男たちが、ボディテリトリーをおいて読書に耽っている。

読書をしていない者は、受験勉強をしている若者たちである。

当初、鯨井は、自由時間の有効な利用環境を発見したと、内心喜んでいた。

だが、次第に、空気に圧力をおぼえるようになった。

べつに、だれが圧力をかけているわけでもない。それぞれが静寂の中に散在する孤独のカプセルに閉じこもって、読書や勉強や調べ物などをしている。

開館時間中、何時間滞在しても無料である。こんなに豊かで、静謐《せいひつ》で、自由なスペースはない。

長時間開館してくれるので、短い時間で引き揚げて居場所を転々とする必要もない。

読書室は静粛そのもので、作品世界にどっぷりと浸れる。

館内にはスタジオや、映像の放映室、またカフェもあるが、借り出した本を読書室以外の場所で読んでいる人は見かけない。

だが、鯨井は、はっと気づいた。静謐な空間が高圧となって彼を締めつけているのである。

カフェのように、周囲のカプセルを憚《はばか》らず、笑い声や高い声を撒《ま》き散らしているグループがいれば、同じ憩いの環境を容赦なくぶち壊してはいるが、圧力はかからない。

馴《な》れてくると、隣席の他愛《たわい》もない雑談に耳がダンボになってくる。

女性集団が多く、

「ねえねえ、聞いた聞いた？　××さんの奥さん、お子さんの家庭教師と不倫をしているんですって……」

「まさか。ご主人、警察官よ」

「だから凄《すご》いのよ」

「不倫は犯罪じゃないわよ」

「あら、弁護するのね……」

するとと、別の方角から、

「弁護するのは当然よ。〇〇さんのご主人、弁護士でしょう」

と、第三者の声が入って、わあっと喚声が湧《わ》く。

そんな賑《にぎ》やかな集団に、ボディテリトリーも圧力もない。いつの間にか耳をそばだてている自分に気がつく。

このカフェ環境には、図書館のような〝高気圧〟はない。

図書館にはあらゆる本が揃えられていたが、ベストセラーの人気本は常に貸し出されていて、読みたいとおもっても、待つ期間が長すぎる。一年以上も待つような人気本であったら、買うほうが早い。

図書館に本を借りに集まる者は、新刊本をまず買わない。待つ期間が長すぎれば、古書店で十分の一程度の安値で、新刊本同然の本を買う。

鯨井は針が床に落ちても聞こえるような静謐に、呼吸をするのも苦しくなっていた。

読書に耽っているつもりが、いつの間にか目が活字の上を滑っている。字を読んでいても機械的に追っているだけで、活字の意味を理解していない識字障害になっている。

読書室が悪いのではなく、鯨井が特異な体質を持っていたからであろう。

鯨井は本を借り出して、図書館から駅に向かい環状線の電車に乗った。駅に停車する都度、乗客が入れ替わり、車掌のアナウンスが入り、騒音が絶え間ない。

だが、そんな騒がしく忙《せわ》しない環境で、識字障害はきれいに治まっていた。

環状線を何回かまわっている間に、一冊読み終えた。意外に充実感があった。鯨井は環状線の車内が、優れた読書環境であることに気づいた。

どうやら彼にとっては、乗客が次々と交替し、空気が動き、騒音が絶え間ない環境のほうが、読書に向いているらしい。

鯨井は、ようやく行くべき場所を一つ発見したのである。

起床後、早朝の散歩をして、行きつけのカフェに立ち寄り、一旦《いったん》帰宅して朝食を摂り、またいそいそと環状線の駅に出かける。

「あなた、最近、嬉《うれ》しそうに出て行くわね」

妻から声をかけられ、

「現役のころの仲間と、都内の路地歩きをしているんだよ。東京には意外な路地がある。いずれ路地マップを作るつもりだ」

と、同学出身の、一年前に大企業を定年退職した友人の言葉をそのまま使った。

妻は、退職後の夫がなにをしようと、さしたる興味はなさそうであった。ただ聞いてみただけであるらしい。

環状線ではあっても、無限に乗り続けているわけにはいかない。途中下車して食事をしたり、トイレに入ったりしながら、再び電車に乗り込む。

乗客は何度も交替するので、環状線乗車を数回繰り返しても、他の乗客に気づかれることはない。車掌もまわってこない。

カフェや、公園のベンチなどで読書をしても飽きてしまう。圧力はないが、環状線車内のように動きは激しくない。

鯨井が好きな本は、人間が描かれている作品である。ドキュメントやエッセイや雑誌などよりも、人間のドラマを書いた小説が面白い。

情報や、学術や、知識などを求める本と異なり、文芸は虚構である。虚構の中に人間の真実が鏤《ちりば》められている。そういう小説を読む環境は、現実に人間が躍動しているほうが、作品世界に入り込める。

鯨井にとって、環状線車内ほど読書に向いている環境はない。

読書に疲れれば、車窓から風景を見る。

読書中、近くにいる乗客たちの会話も聞こえてくる。それが一種のバックグラウンドサウンドとなって、ページをめくる。

こんな素晴らしい読書環境にあって、本を読んでいる乗客は極めて少ない。大半は、スマートフォンやタブレット型端末を覗《のぞ》いている。

駅と駅の間は二～三分、一周で約六十分。ラッシュアワーを外しての環状線の乗客には、観光客らしい顔が意外に多い。

地方への玄関口である上野《うえの》、東京の正門東京、有楽町《ゆうらくちょう》、品川《しながわ》、渋谷《しぶや》、新宿《しんじゅく》、池袋《いけぶくろ》、巣鴨《すがも》などは乗客の交替が激しい。

同じ軌道を循環する環状線の窓の外は、同じ風景のはずでありながら、時間や天候や季節によって様々に変わる。

鯨井は、晩春から初夏にかけてが、最も好きなシーズンである。

定年退職日は、年度替わりと重なったので、最も潑剌《はつらつ》としたシーズンに自由を得た形となった。

環状線の窓の外に林立する超高層ビルを新緑が彩り、乗客が開けたらしい窓の隙間から、遅咲きの桜の花びらが迷い込んでくる。

現役時代、倦《あ》きるほどに乗った環状線では、犯人を追跡し、現場に急ぎ、窓の外の風景を見る余裕はなかった。

現役時代、刑事仲間とよく歌った、

　――人間ドラマの東京に
刑事《けいじ》と呼ばれて今日もまた
事件の現場に飛んでいく
都民の平和願いつつ
誇りは高しわれらは刑事《けいじ》

聞込み張込み証拠をそろえ
犯人《ホシ》を追うて西東
靴もすりへる夜も更ける――

(作詞　篠田武雄)

という最近はあまり歌われない刑事の歌のように、車窓の風景が目に入らなかった。そして今は、本の虫のようになって環状線の乗客となり、ときどき疲れた目を窓外に遊ばせる。

目的地のない、漂泊のような自由をおぼえるのも、そんなときである。

同時に、すでに社会に参加していない身分が侘《わび》しくなる。彼にとって自由と、レースから降りた侘しさは、表裏一体である。

同じ軌道を何度も循環しながら、目的地を持たない漂泊が、行先不明の列車に乗ったような気分となって、これも東京という人間の海のドラマの一つかもしれないと、おもい直す。

鯨井は、次第に環状線の自由に嵌《は》まり込んでいった。

東京という人間の海を循環している環状線にも、乗車券の制限はあるらしい。

食事やトイレのための途中下車が、よい区切り点となって、リフレッシュされた気分で、また循環を始める。同じような環境でありながら、経験を重ねるごとに、乗客、風景、音や、匂いなどにそのつど個性があることに気がつく。環状線も人間ドラマの舞台であった。

鯨井は、環状線の乗客となってから、そのドラマが好きになった。こんなドラマは、現役時代には決して見られなかった。

家に居場所を失った彼は、循環する東京の海に、新しい居場所を見つけたのである。そして、朝飯前の喫茶店《カフェ》の常連のように、ラッシュアワー後の環状線の乗客の中にも、常連がいることに気づいた。

彼らの乗車駅はそれぞれ異なっても、外回り進行方向三両目に席を取る。何度か循環した後、昼休みが終わる時間帯に渋谷で下車して、一時間後、車両は異なるのに外回り進行方向三両目で再会した。

いずれも、ほぼ同じ年配で、服装が良く、鯨井同様に、二〜三冊の本を携行している。次第に目線が合うようになり、会釈を交わす程度になったが、言葉は交わさない。ボディテリトリーの一種である。

彼らは人生ドラマ第三期の自由の中で、東京の海を循環しているのである。

常連たちは家庭での定位置を失い、使命感、責任、義務、束縛の鎖から解放されて、環状線車内に、漂泊という名前の自由を発見したのであろう。彼らは循環漂泊の同志であった。

夏が逃げるように行き、東京の空は高くなった。

退職後、途方に暮れた自由の大海にも、ようやく馴《な》れてきて、新たな漂泊を楽しめるようになった。

この間、目的のためだけに生きる人生を懐かしくおもうと同時に、その目的は、自分が発見したものではなく、社会に参加して割り当てられた他発的生き方だったことに気がついた。

自由業よりも、組織という名前の社会に参加するほうが手っ取り早かったのである。それぞれの組織内に掲げられたポリシーに忠誠を誓い、社規と前例を守っていれば、大過なく現役を卒業できる。

好きでなった仕事（警察官）であるが、辞める自由はあっても、タテ社会《ピラミッド》のルールには自発的な自由はない。

会社（警察）を辞めてから、そのことに気づいた。警察官の使命、正義の実現も、要するに個人的な意志の実行ではなく、会社から命じられた使命である。人生という料理を捌《さば》くために、会社から食材、庖丁《ほうちょう》、俎《まないた》などを借りたようなものである。へたをすると退職後も、死後まで会社から管理されることがある。

会社という湾内に庇護《ひご》されていた身が、親船も、浮き袋もなく、大海に突き放された自由の意味が、ようやくわかりかけてきた。

なにをしてもよい自由、目的地のない何処かへ行く自由、すなわち漂泊の意味がわかってきたのである。それも図書館と環状線のおかげであった。

退職後、朝寝のベッドの上で、今日一日、いかにすごすべきかと迷っていたのが、今日一日の充実を期待して起きられるようになった。

だが、いつまでも環状線をベースにはできない。人生第三期を充実させるために、ベースキャンプを用意しなければならない。環状線はそのための繋《つな》ぎである。

鯨井が環状線からの移動を考え始めたとき、意外な事件が発生した。

十月半ば、台風行列がおおかた通過して、秋色が深くなっていた。澄み渡った空からの直射日光は真夏をおもわせることもあったが、爽《さわ》やかな風が汗ばんだ肌を隠した。地平線に白い夏の雲が輝いている。その彼方《かなた》に潜んでいる未知数が誘惑しているようである。

夏はダイナミックで多彩であるが、後継した秋は過去を振り返り、センチメンタルになりやすい。

夏の雲が崩れて帯のように頭上に流れて来るとき、遠い記憶が昨日のことのように甦《よみがえ》る。

環状線の乗客たちも、夏に比べてセンチメンタルになっているように見える。

その日の朝、ラッシュアワーを外して乗った外回り環状線は、意外に混んでいた。観光客の団体が乗り込んで来たのかもしれない。ラッシュアワーの鰯《いわし》を詰め込んだような混雑ではなかったが、立っている乗客が多い。

鯨井も、その朝は座席にあぶれた。だが、一回りする間に席が空くことを知っている。鯨井は次の駅の渋谷で下車しようとおもった。なんとなく車中の雰囲気がちがう気配を察知したからである。いつものような漂泊の匂いが失われている。

電車が渋谷に近づきかけたとき、吊《つ》り革につかまって立っていた若い女性が、数人の屈強な男に遠巻きにされた。

情緒的な環状線内の空気が、怪しげな匂いに入れ替わっている。痴漢《マスク》ではない。囲まれた女性は二十代半ば、都会的なクリアカットのきれのある面立を、肩までのセミロングボブヘアが柔らかくしている。一見して高級ＯＬ。テーラードカラージャケットに膝丈《ニーレングス》のタイトスカート、少し長めのバックスリットから、すらりと伸びた美しい脚が、上品なセクシーさを醸しだしている。

一人の男の右の手首に、カルティエらしい革ベルトの時計が覗《のぞ》いた。彼女を取り囲んだ四人の若い男たちは、いずれもシャープな仕立ての、生地の良いスーツを着ており、眼光が鋭い。

下車駅が近づいたらしく、女性が乗降口の前に移動したのを狙っていたように、黒服の集団がさりげなく包囲の輪を縮めた。

鯨井の四十年間磨いた刑事の嗅覚《きゆうかく》は、高級ＯＬを囲んだ男の集団から発散する凶悪な匂いを察知した。

最近、武装した掏摸《すり》集団が海外から日本の大都市に潜り込み、暴力的に日本人から金品を強奪しているという話を聞いている。

凶悪犯人に備えて、柔剣道や空手の有段者である鯨井は、黒服集団に相対する自信はあったが、どんな凶器を隠し持っているかわからない。高級ＯＬの彼女は、本能的に危険を察知しても、救いを求められないのだろう。

そのとき、すでに意識はスタンバイしている鯨井に意外な応援が加わった。環状線の常連で、目顔で会釈を交わす程度の、ほぼ同じ年配の男たちが席を立ち、ＯＬと黒服集団の間に割り込んで来たのである。

黒服集団が不審の目を常連に向けた隙に乗じて、鯨井はＯＬに接近し、

「やあ、お久しぶりです。まさに奇遇ですな。私も渋谷で降ります。差し支えなければお供しましょう」

と、全車内に聞こえるような声で言った。

現役中、鬼鯨《おにげい》と称《よ》ばれて、暴力団員や臑《すね》に疵《きず》もつ連中に恐れられた迫力が、黒服集団をたじろがせた。

鯨井がＯＬに声をかけている間に、電車は渋谷駅ホームに入線していた。

黒服集団は彼女をあきらめたらしく、鯨井に凶悪な視線を射込んだ後、下車してホームの人込みの中に紛れた。

その瞬前、常連の一人が黒服集団の一人から何かを掏《す》り取ったのを、鯨井は見逃さな

かった。

「ありがとうございます。おかげで助かりました」

ＯＬはほっとしたように礼を言った。

「なにか事情がありそうですね。途中で待ち伏せしているかもしれない。訪問先までエスコートいたしましょうか」

鯨井は言った。

支援してくれた五人の常連もホームに残っている。

そのうちの一人が、黒服から掏り取ったらしい小さな物品をＯＬ、鯨井、その他の常連の前に差し出した。

常連の一人、現役とリタイアの境界に立つように見える余裕と自信と、鯨井同様に退屈を持て余しているような紳士が、黒服の一人からあたかも自動的に移動したかのように、他の常連の指先につままれた微小な物体に目を向けて、

「それはデジタルカメラのメモリカードですね」

と言った。

彼の言葉に、鯨井以下常連五名がうなずいた。いつの間にかＯＬを中心とした七人が連帯感で結ばれている。

「お嬢さん、ご迷惑でなければ、安全圏までエスコートしましょう。申し遅れました。私は元刑事です」

鯨井の言葉に、女性と他の五名は姿勢を改めたようである。

「ありがとうございます。私、柚木《ゆずき》雅子《まさこ》と申します。法律事務所で働いていまして、クライアントのお宅に向かう途中でした。お言葉に甘えて、エスコートしていただければ有り難くおもいます」

と女性は答えた。

「弁護士先生でしたか」

「修習を終わって、先輩の事務所に入所したばかりです」

と、名乗った女性は、遠慮がちに言った。

「これもなにかのご縁。私はどうせ暇な身分です。下車しようとおもっていた矢先なので、風の吹くまま気の向くままに散歩するつもりです」

黒服からメモリカードを移動させた常連が言った。相次いで他の常連たちが、

「私も、降りたついでに散歩します」

「私も」

「袖《そで》振り合うも他生の縁、もともと渋谷《ブヤ》は学生時代から私のテリトリー、いや、キャンパスです」

「お邪魔でなかったら、私も散歩したい」

と申し出た。

いずれも同年配であり、仕立てと生地の良いスーツにダークカラーのネクタイをつけ

ている。一人一人に相応の人生を背負った貫禄《かんろく》が身についている。環状線の常連としては陰翳《ミステリアス》のあるグループである。

鯨井が暗黙のうちに主導する形となった。

六人の常連が柚木雅子の陰供《かげとも》（目立たぬようにエスコート）をした。

柚木雅子は、渋谷の高級住宅街の中で、狭い庭であるが、庭樹に包まれて、世を忍んでいるような古格のあるモデストな家に入った。近隣はいずれも豪邸が妍《けん》を競っている。小さな冠木門《かぶきもん》に雨水が沁《し》みて古色蒼然《こしょくそうぜん》となった表札に、かろうじて伴場《ばんば》という文字が見えた。

常連集団の陰供も、そこまでであった。

渋谷駅から柚木雅子の訪問先までの間、彼女を環状線の車内で押し包んだ黒服集団は、姿を見せなかった。

陰供を終えた〝六人組〟は、そこで集団の絆《きずな》を失った。これ以上、行動を共にする必要はない。

だが、別れ難いおもいが六人に共通していた。

いずれも同年配、現役を終えて、自由の大海へ漕《こ》ぎだしたばかりのようである。

無限の時間を持て余している六人は、陰供態勢を解いて踵《きびす》を返し、ぞろぞろと一塊になって、駅の方角へ向かった。

「どうでしょう。時間があったら、お茶でも飲みませんか」

鯨井が誘い水を向けた。

彼は柚木雅子が尋常の用事で「伴場家」を訪問したのではないような気がした。彼女は、なにか重大な使命を帯びて伴場家へ行った。そして彼女が務めた使者は、ある方面にとっては都合の悪いことであった。

そのために黒服の集団が、柚木の伴場家訪問を阻止しようとしたのではないか。黒服集団は、単に柚木の懐中を狙った掏摸グループではない。柚木に伴場家へ行かれては都合の悪い何者かが、黒服集団を雇って阻止しようとした。

鯨井の想像は、自由の海で退屈していた頭の中で渦を巻いた。

鯨井の想像を読んだかのように、黒服集団からメモリカードを掏り取った常連が、

「どうもこのカードは胡散臭《うさんくさ》い。なにか怪しげなにおいがしてなりません。秘密の個人情報であっても、女性弁護士を押し包んだ黒服集団は尋常ではない。彼らの正体と、人に見られたくない反社会的個人情報が、このカードに隠されているような気がします。申し遅れましたが、私は北風正友《きたかぜまさとも》と申します。ある官庁に勤めていましたが、汚職の巣のような役所の中で一人、アンタッチャブルを貫こうとすると生きていけません。役所にはそれぞれの部署に〝天皇〟がいて、〝天皇〟に従わない者はタコ部屋に入れられます。

汚職に加担して出世をするか、あるいはアンタッチャブルを貫き、タコ部屋で半生を過ごすか。どちらも私には無理と判断して、退職しました。そして同学の友人の推薦で、

前身が暴力団のフロント会社とは知らずビル管理会社に入社して、定年退職後、今日があります。

会社創立時はフロント会社でしたが、暴力団解体後、会社は残り、社業を伸ばして、官庁の汚職の巣よりも、はるかに居心地のいい会社でした。

指先の手品は、最終学校卒業前に、我が家の食客からおしえられた技です。食客はその謝礼として、両親に隠れて、彼の指先手品をおしえてくれました。彼は、私の指先を天才的に筋が良いと褒めてくれて、余程のことがない限り、指先を使ってはならないと言われました」

「その指先を、どうして初めて出会った女性に関して使ったのですか」

と、鯨井に問われて、

「指が勝手に動いてしまったのです。タコ部屋に押し込められた官庁で、大規模な汚職が露見して、お偉方が軒並み逮捕された事件がありました。

実は、汚職発覚の切っかけは、私の指先にありました。指先の復讐《ふくしゅう》です。そして、この度の指先は、旗本退屈男ですね」

と言って、北風と名乗った常連の一人が苦笑した。

彼の話に耳を傾けていた鯨井以下五人は、××庁の内部告発による大規模な構造汚職をおもいだした。

人生第三期を迎えた環状線内の常連は、今日の女性救出を切っかけに、集団としての絆を強くした。

「腹がへりました。どうせ食事を摂《と》るのであれば、これもなにかの縁。一緒に食事をしませんか。近くに知り合いの店があります」

鯨井の誘いを五人は歓迎した。

渋谷のスクランブル交差点を渡り、若者たちが群れ集う繁華街を避け、道玄坂《どうげんざか》をしばし上る間に、人影がばらけて、喧騒《けんそう》が遠のき、トワイライトが迫るころとなると、夕闇の奥に、必死にその存在を隠しているような店が散在する。

銀座《ぎんざ》、新宿、六本木《ろっぽんぎ》などと異なり、この街には、スクランブル交差点を中心とした、圧倒されるような人間の坩堝《るつぼ》の奥に、その混雑と喧騒を隠れ蓑《みの》に利用したような、都会的な、秘匿された空間がある。

環状線の循環に疲れた鯨井が、食事に立ち寄る、渋谷の歴史と共に生き残った、昔風の一膳飯屋《いちぜんめしや》「メシア（救世主）」があった。

「渋谷に、こんな飯屋が隠れていたとは……」

「店のルールが一つだけある」

「ルール……？」

「店の常連は決して宣伝しないこと。友人を連れて来ないこと。それが店のルールになっています」

「それでは、我々は一緒に行けないではないか」

「したがって、一人ずつ、今日発見して立ち寄った、ということにする……」

五人の一人が抗議するように言った。

鯨井の言葉に、五人は納得したようである。

その日、メシアで食事を共にして、六人の常連は十年来の知己のように親しくなった。

北風に続いて忍足《おしたり》、笛吹《うすい》、万葉《まんば》、井草《いぐさ》と名乗り、簡単に自己紹介をした。

忍足は、遠祖が伊賀《いが》の忍者であり、私立探偵を経て商社マンとして世界を股《また》にかけた。

笛吹はスタントマン出身。スターの身代りとして命を懸けるスタントよりも、どうせただ一つの命であるなら、懸けがいのあることに懸けたいとおもって、スタント会社を辞めた。

万葉は戦場カメラマン出身。マスメディアと契約して世界の戦場を駆け歩いたが、彼我非人間化殺戮《さつりく》に現世を失う前に足を洗った。

井草は新聞記者出身。事件から事件を追って、家庭にほとんど居つかない。彼の不在中、交通事故に遭った妻の死に目にも会えず、一過性の情報を追う仕事が虚《むな》しくなり、退職した。

いずれも手強《てごわ》い人生(現役)を定年、あるいは自発的に退職して、行く場所のない自分を持て余し、環状線の常連となった。

六人は、現役中、命を張り、家族団欒《だんらん》の分秒もないような仕事や使命や、上からの命令に追い回された。今にしておもい返せば、人生の最も実り多い時期を、家外《アウトサイド》のために失った。

現役中はアウトサイドこそ男の舞台と張り切っていたが、退職後の人生やインサイド（自分自身と家族）を、意識の外に置いていたような気がする。

鯨井は警察官として正義の実現と真実の発見のために仕事に集中したが、まずは他人を護《まも》るのが第一義であり、妻や子は最後に置いていた。

それを警察官の使命として、なんの疑いも持たなかったが、警察の実態は、ピラミッド型構造の中で繰り広げられる出世競争であり、タテ型社会の権力第一主義であることに、退職後、気がついた。

警察も権力に連なる組織であるが、その上に君臨する政治権力の都合によって、ブレーキや圧力がかけられる。階級が物を言う構造には、汚職や不正が巣くう。

出世競争の圏外に置かれたノンキャリ警官は、その使命である正義の実現と真実の発見に、権力者からブレーキをかけられることも珍しくない。

権力に対する抵抗は、警察の構造からの追放を意味している。それでも使命を全うしようとする警察官は、ロマンティストでなければならない。

警察の頂上《ピラミッド》には、ベタ金がおり、さらにその上にいるベタ金のその先を保障する権力者が不正を正義《カラス》と言えば《サギ》、反対できない。

ロマンティスト警察官は、最高権力者に対しても、職を賭《と》して抵抗する。それが本来の警察官というものだと、鯨井は勝手に決めている。

定年退職と同時に、警察官にあたえられた権力はアウトサイドに取り上げられてしまう。

だが、警察官のロマンティシズムは警察、特に刑事警察には強く根を張り、退職者から現役に、正義のバトンは次々に渡されていく。

名刑事の身勝手捜査より、組織捜査が重んじられる今日の捜査体制の中にも、警察官のロマンティシズムは生き残っている。

鯨井は退職と同時に、期限が残っている警察手帳、短銃などを返却し、関与している事件の引き継ぎをして、デスクやロッカーの私物を片づけ、残っている年休に入った。

それらと共に捜査権を返却するが、ロマンティシズムは返さない。警察というピラミッドから、自由の大海へ乗りだしても、警察官（刑事）の魂は返さない。権力を失っても、精神は現役時代と同じである。

一膳飯屋で五人の常連と一緒に食事を摂ったとき、鯨井の胸中に、この五人それぞれが、現役中のアウトサイドは異なっても、鯨井が維持しているロマンティシズムと同根の精神を保持しているような気がしてきた。

常連たちは、いずれも現役中に磨いた知識と技術を持っている。これを合成《ジョイント》すれば、ピラミッドから離れたとしても、正義の実現と真実の発見が可能になるのではないか。

現実離れした寓話《ぐうわ》のような発想であるが、彼らの現役リタイアと共に、そのロマンティシズムを環状線の循環の中に封じ込めるのは、あまりにももったいないと鯨井はおもった。

　まさに夢の《ロマンティック》ような発想である。

「今日は、よい人に出会いました。映画『旗本退屈男』は、旗本という権力に所属していましたが、私たちは退屈男ではあっても、旗本ではない。それぞれが自由であり、自由に退屈しています。今日の出会いは、私の退屈を吹き飛ばしてくれました。環状線車内で次に出会うときまでに、カードの中身をプリントしてまいります。このカードには、なにか途方もない妖怪《ようかい》が潜んでいるような気がします」

　と北風が言った。

「どうやら、環状線車内で読書をする暇がなくなりそうですな」

　忍足が言った。

　同感というように、笛吹、万葉、井草がうなずいた。

　図書館から借り出してきた本が少し寂しげに見えた。

（本は借りるものではなく、買うものだな）

　鯨井は自分に言い聞かせた。

　行く場所もなく図書館で時間を潰《つぶ》し、本は無料で読むものとおもい込んでいたが、今度は書店に行こうと、考え直した。

第二章　私製の正義

柚木雅子を狙った黒服集団が、このまま尻尾《しっぽ》を巻いて引き下がるとはおもえない。彼らは掏摸《すり》集団ではない。

柚木雅子を狙った理由は、北風が〝移動〟したカードの中に写し込まれているにちがいない。

柚木雅子は、詳しくは語らなかったが、重大な事件に巻き込まれているようである。その事件とは、警察《ピラミッド》にSOSを求められないような事件ではないか。つまり、ピラミッドも、〝移動〟したカードに保存されている画像に関わっている可能性がある。

鯨井の全身がぶるっと震えた。武者震いかもしれない。それは絶えて久しい震えであり、彼が胸に秘匿しているロマンティシズムが胎動を始めた徴《しるし》である。

翌日、環状線車内に集合した六人は、新宿で下車し、西口にある超高層ホテルの新館内のバーに顔を揃えた。

現役時代、よくペアを組んで捜査に当たった新宿の守護神と称《よ》ばれる刑事から、「地下一階に広いスペースをとった『深海《しんかい》』という名前のバーは、密談を交わすにはもってこいの環境ですよ」

とおしえられた。守護神に連れられて、鯨井はすでに何度か「深海」に来ている。

間接照明のほの暗い空間《スペース》に、客の影は少ない。それぞれ適当なボディテリトリーを挟んで静かに語り合っている。

時間が早いせいか、客の影はまばらであるが、多少増えても、ボディテリトリーは維持されており、それぞれの会話や密談には興味がない。

ウェイターも注文《オーダー》を届けた後は近寄らない。

周囲のボディテリトリーを確認した後、北風がカードに保存されていた画像の印画を一同に配った。

「これはすべて家ですね」

それぞれの印画に目を通した忍足が言った。

十数枚の印画は、ほとんどすべて一戸建ての家屋である。瀟洒《しょうしゃ》な高級邸宅もあれば、一般サラリーマン向けの建売住宅もある。

昔風の古いアパートはないが、四階建ての分譲マンションがあった。人間は撮影されていない。

「この一連の家屋には、どんな意味があるのか。なにか共通項があるにちがいない」

井草が言った。

「家屋の共通項か、あるいは住人、風景に共通項があるのかもしれない」

万葉が口を開いた。彼は戦場カメラマンであると同時に、マスメディアと契約して内外の事件や土地、背景や風景を撮影してきただけに、主要被写体に目を奪われることなく、点景や背景、あるいは意味不明な前衛的なオブジェにまで目配りをする。

「家だけではなく、その住人の共通項が、この一連の写真の主題かもしれない」

「撮影月日は異なっているようだが、その住人に共通項が隠れていそうだね」

万葉の言葉に、

「背景や点景、風景などから、撮影地点が割り出せる。写真の一枚に、タクシーの一部が写っている。東京のタクシーだね。ナンバーは死角に入っているが、背後にビルと山が少し見える。専門家に聞けば、撮影地点がわかるかも」

鯨井は現役時代、一枚の写真から犯行現場を割り出したことをおもいだした。

「その前に、柚木さんが、再度狙われる危険はありませんか。たまたま我々がその場に居合わせたので彼女は救われましたが、黒服集団は、まだ目的を達していないとおもいます」

と井草が言葉を挟んだ。

「彼女は当分、独り歩きはしないでしょう。環状線車内で暇をつぶしている自分です。彼女のSPをしてやろうかとおもっています」

笛吹が言った。

「あんたがついていてくれれば、安心だ」

鯨井はほっとした気分になった。

柚木雅子は、なぜ自分が黒服集団に狙われたのか、心当たりがないようであった。

最近、近隣国から来た集団掏摸の報道に接して、その類《たぐ》いとおもっているらしい。あるいは、鯨井以下常連たちの早合点かもしれない。

だが、北風が黒服集団から〝移動〟したメモリカードがどうも気になって、意識に貼りついている。

鯨井は、現役時代に親しくなった、どんな小さな点景や遠景からでも撮影地を割り出す地図会社の専門家に、解析してもらった。

専門家は十数枚の印画すべてを解析してくれた。

十数枚の印画の撮影地は世田谷《せたがや》区、杉並《すぎなみ》区、練馬《ねりま》区、町田《まちだ》市、国立《くにたち》市、埼玉県所沢《ところざわ》市であることを確認した。

それぞれの区内、都下の市内、隣県の市内の細かい住所まで割り出してくれた。

ここまで解析してもらえば、各家の住人の名前まで確認できる。

元新聞記者であった井草が、住人たちの名前と同時に、現在および過去の職業や現状まで調べあげた。

鯨井が現役時代の人脈を利用して得た成果は、井草の調査結果とほとんど一致した。

メモリカードに保存されていた家屋、住人の共通項は、その家族のだれかが、特定の病院に措置入院していることであった。

入院させなければ自傷他害のおそれがある精神障害者などは、都道府県知事が指定した、二人以上の精神保健指定医の診断によって入院が必要と認められたときは、知事

（あるいは政令指定都市の長）の決定によって入院させられる。

これを措置入院というが、指定医が入院継続と判定すれば、ほとんど自動的に、知事の名において措置入院継続が認可される。

措置入院先は複数あったが、中でも入院患者の最も多いのは、X県の県庁所在地にある極悪精神科病院として知名度（悪名）の高い一政会《いっせいかい》病院である。

知事と一政会病院との癒着によって、百人以上の患者が継続入院の形で不当に拘禁されているようである。

全国各地にある精神科病院にいったん入院した後、一政会病院に転院させられた患者もいる。

五人の常連が集めてきた資料をじっと睨《にら》んでいた鯨井の胸中に、いくつかの不審がわだかまり、容積を増やしてきた。

まず、医師の診断によって、とりあえず各地の病院に措置入院した患者の大半が、かかりつけ医の多い東京、名古屋、大阪、広島などの病院から、なぜ首都圏から外れたX県の県都にある一政会病院に転院させられたか、ということである。

転院する必要がまったくないにもかかわらず、一政会病院（政病）に移されたのはなぜか。

井草が集めてきた資料や情報によると、被写体の家屋の三分の一の住人が政病に移され、さらに家屋の主《あるじ》はほとんどT大系の医師であった。

「患者以外の家屋の住人はT大系の医者であり、政病の運営に関わる〝名医〟として名前を連ねています。そして院長はT大出身であり、T大系の医師団に影響力を持っています。また政病は他の精神科病院に比べて、入院期間が極めて長く、特に、転院して来た患者は、県知事の名義の下に、あたかも終身囚のように強制入院が継続させられています」

と井草が報告した。

「一政会病院の院長は、T大医学部出身の、医学界の魔王と呼ばれる医者であり、政財界にもパイプが通っています」

特に一政会病院では絶対的な支配者であった。政病にとって入院患者は財産であり、院長の子分が送り込まれている全国の病院から転院してくる患者は、政病の宝であった。

「いったん転院した患者は、院長、子分の指定医、家族の同意をまるめとられ、措置入院から、いつの間にか医療保護入院に切り替えられて、終身囚に近い入院に延長されています」

さすが遣《や》り手の元新聞記者だけあって、昔取った杵柄《きねづか》による資料と情報から、印画の家屋の共通項が輪郭を明らかにしてきた。

「印画の中心的共通項は政病だな。つまり、その病院《ホスピ》が悪の根源だ。政財界の大物はほとんどT大系の名医とつながっている。どんな権力者も健康が損なわれれば、多くの政敵や商敵との生存競争《サバイバルレース》に勝ち残り、積み重ねてきた権力や財力を失ってしまう。医者は彼らの守護神だよ。〝神〟はそれぞれのピラミッドの頂上に君臨している王様たちを、健康という鎖で縛り、支配している。単なる病院長ではないぞ」

鯨井が言った。

「警察も知事も、さらに雲の上にいる王様たちも、この印画に直接、間接に関わっているわけだな」

忍足が自分を諭すように言った。

「我々は現役時代、その雲の下にいたというわけですな。肩を叩《たた》かれ、自由になった身分では、雲の上から圧力や制限をかけられることはなくなったということですね」

北風が嬉《うれ》しげな顔をした。

「雲の下にいては、正義の実現や真実の発見は事実上不可能でしたが、権力はなくても自由という武器を使えば、雲の上の不正と対抗できるかもしれない」

鯨井の言葉に常連たちがうなずいた。

北風が旗本退屈男と言ったが、映画の英雄《ヒーロー》は幕府に仕えており、自由ではない。

だが、常連たちを天下御免の浪人とすれば、現役時代の心身共なる束縛を外して、自由行動が可能である。しかも常連たちはいずれも現役で学んだ知恵や、技術や、人脈を蓄えている。

巨大な権力に対して一寸の虫にすぎないが、「千丈の堤も蟻穴《ぎけつ》より崩る」の諺《ことわざ》のように、自由を得た蟻が、その本領を発揮するときが訪れたのである。

環状線を循環しながら時間を潰《つぶ》していた六匹の蟻が、ようやく向かい合うべき千丈の堤を発見したのであった。

「柚木雅子さんは黒服集団と、どんな関わりがあるのかな……」

北風が言った。

彼が〝移動〟したカードの中には、彼女の家は撮影されていなかったのである。

商社に入社前、私立探偵をしていた忍足が、

「柚木さんの身辺を洗ってみましょう。直接的な関わりはなくとも、間接的な関連があるかもしれない」

と、自分の出番だというように言った。

北風の天才的な指によって〝移動〟したカードの中身から、六人は第三の人生を獲得したとおもった。

朝、床の中で目覚めても、行く場所もなければ、なすべき仕事もない。今日一日をどう過ごすべきかという難題の前に、しばし放心していた。

そんな自分が今は信じられない。あまりに茫漠《ぼうばく》としていた自由の前で、自分を見失っていたのである。

組織の外に放り出されて、ただ時間に流されていた一匹の蟻が、数匹の蟻と出会って、共有すべき意義ある人生があることを悟ったのである。

六人それぞれ手分けして、黒服集団と柚木雅子との関係、および〝移動〟したカード

に保存されていた家屋の住人の共通項であった政病の〝三角関係〟を内偵することにした。

柚木雅子は、常連グループに危ないところを救われたことを感謝しており、協力的であった。

だが、柚木本人も、なぜ黒服集団に取り囲まれたのかわからなかった。

黒服集団に痴漢行為を働かれたわけでもなければ、掏摸《すり》集団に狙われるような金品も所持しておらず、事実、なにも掏《す》り取られていなかった。彼女と政病との関係もなかった。

忍足はあきらめずに、

「あなたが黒服集団に襲われそうになる前に、なにか変わったことや、初対面の人との出会い、拾得した遺失物、などはありませんでしたか」

と問うた。

「さあ、特に変わったことはなかったとおもいます」

「例えば、迷子になった認知症老人を自宅へ送り届けたとか、最近、あなたに面会した人や、見知らぬ人から宅配便を送られたとか、あるいはあなた自身の持ち物を遺失したとか……」

「特に記憶していることはありませんね」

柚木雅子は困ったような顔をした。

「例えば交通事故や、火災や、喧嘩《けんか》などを目撃したとか、見知らぬ人に声をかけられたとか、そんな経験はありませんか」

忍足はなおも執念深く質問を重ねた。

「ただいま、見知らぬ人から声をかけられたとおっしゃいましたか」

柚木雅子が表情を改めて問い返した。

忍足は、釣り竿《ざお》に初めて魚信を得たような顔をした。

「はい。申しました。行きずりの通行人や、駅やデパートや病院など、人の多い場所で、初対面の人から声をかけられたことはありませんか」

「そう言われて、おもいだしたことがあります」

「ぜひ、おしえてください。どんなことでも結構です」

忍足は、いつの間にか上体を乗り出していた。

「私のおもいちがいかもしれませんが、銀座に用事があって、四丁目の交差点で、初対面の男性から声をかけられたことがあります。いまおもえば、その男性は、先日、JR環状線から渋谷駅で下車しかけたとき、私を取り巻いた黒服のグループの中にいたような気がします」

忍足の手に伝わる魚信が、ますます強くなったようである。

「その黒服に似ている男は、あなたになんと話しかけてきたのですか」

「『お訊《たず》ねしますが、あなたはミサワエツコさんですか』と話しかけてきたようにおもいます」

「ミサワエツコ、ですか。お心当たりがおありでしたか」

「いいえ。初めて聞く名前でした。私が『違います』と答えると、その人は『三つの沢、立心偏の悦子と書きますが、おもいだしませんか』と重ねて聞きました。『私にはまったく心当たりがありません』と答えると、男性は『失礼しました』と言って離れて行きました」

忍足は〝魚信〟から大魚を得たようであった。

忍足から報告を受けた常連たちは、

「黒服集団が柚木雅子さんを三沢悦子《みさわえつこ》と人違いしたとすれば、環状線の車内で、再び柚木雅子さんに出会い、人違いを重ねたということになるね」

と言った。

「私もそうおもいました。二人の女性は、黒服が二度間違えるほど、よく似ていたことになります。しかし、柚木雅子さんには一卵性双生児のような姉、妹はいません。すると、他人の空似であったということになります。

そして二人の空似が、黒服集団に重大な関わりを持っていると考えてもよいでしょう。二度の人違いをした黒服は、柚木雅子さんが法律事務所に勤めていることを調べているとおもいます」

「二度目の出会いは、三沢悦子と瓜二《うりふた》つの柚木雅子さんが、彼らにとって都合の悪い存在となったからではないかな」

鯨井の言葉に、常連たちはうなずいた。

柚木雅子の存在が、都合の悪い人間とはだれか。

柚木が三沢と瓜二つであること自体が、黒服集団にとって都合が悪かったのか。あるいは、都合の悪い人間が黒服集団を柚木・三沢の二人の女性に接触させたのか、あるいは、黒服集団そのものが二人の女性に反社会的な関わりを持っていたのか。

六人の常連たちは協議した。

「三沢悦子の存在が不都合であった人間は、人違いして柚木雅子さんに接触したことから、柚木さん自身の存在も都合が悪くなったと考えられます。黒服集団は都合の悪いクライアントから、二人の女性の消去を依頼されたのではないでしょうか」

俳優の代役《スタント》として、危険な演技を担当していた笛吹が言った。

つまり、黒服集団は、二人の女性を消去するようにクライアントから依頼された刺客グループではないかという意見である。

「今おもい当たったことですが、メモリカードに、柚木雅子さん関係の画像があるかもしれません。それを悟られないために、柚木雅子さんを消去しようとしたのではないでしょうか」

笛吹が重ねて言った。

「直ちにカードの画像の中に柚木さんと関連性のありそうなものがないか探そう。なにか看過《みす》ごしていたものがあるかもしれない」

鯨井は言った。

確かに、これまでは家屋を中心に調べていたが、柚木雅子との関連性には当たっていない。しかし調べた結果、柚木は政病（一政会病院）とはなんの関係もなく、彼女の住居や、法律事務所や、プライベートな関連性を示すような画像は発見されなかった。

せっかく伝わった強い魚信は去りつつあった。

だが数日後、柚木雅子から忍足に電話があった。

「先日はお役に立てず申し訳ありませんでした。本日、ちょっと気にかかることがありました」

柚木は電話を通して言った。

「気にかかることとおっしゃいますと……」

忍足はまた魚信を感じた。

「今日の午後二時ごろ、私が時折泊り込んで仕事をしている東都《とうと》ホテルから連絡がありまして、『矢野《やの》様とおっしゃる医者の先生が柚木様の写真を示して、お見えになったら、矢野様のお部屋へお通しするようにと、仰せつかりました。なんでも、時間があまりなく、なるべく早くお越しくださるように、とのご伝言です』と伝えられました。でも私には、ホテルで私を待っているという矢野さんに心当たりはありませんので、人違いだと言おうとしたのですが、先日、忍足さんに訊ねられた、私に瓜二つという三沢悦子さんの名前をおもいだしまして。もしかすると、その矢野さんという医師がホテルのフロントに示した写真が、三沢さんではないかとおもい当たったので、ご連絡した次第です。その医師は、三沢さんの名前を出したくなかったので、写真をフロントで見せたのではないでしょうか。私の顔を知っているフロント係は、てっきり三沢さんを私と勘違いして、私に電話をかけてきたのではないかとおもいます」

柚木雅子が所属している法律事務所は、東都ホテル内に作業用の別室を長期契約している。

柚木雅子からの通報によって、三沢悦子へとつながる手がかりが浮上してきた。

矢野医師と三沢悦子は、東都ホテルで密会をする予定であったとおもわれる。

ホテルに先着した矢野医師は、フロントスタッフに三沢の名前を告げずに、彼女の写真を示した。柚木の言う通り、スタッフは三沢の写真を、瓜二つの柚木と勘違いしたのであろう。

忍足から報告を受けた鯨井は、現役時代の人脈を使って、東都ホテルのフロントスタッフに、当日先着した矢野医師の勤務先および住所、そして同じ日、三沢悦子なる女性が到着したかどうかを、問い合わせた。

現役時代の人脈は強大であり、三沢悦子はその日は現われなかったが、以前矢野医師の部屋に入室して約四時間滞在した後、矢野医師とは別々に約三十分の間隔をおいてチエックアウトしたことがあると確認された。

さらに重大な情報が同時に得られた。

矢野医師の勤務先は、T大医学部附属病院とレジスターカードに記入されていた。T大医学部附属病院は政病に多くの医師を派遣している。

ようやく、三沢悦子と政病の関係があらわれてきた。

「三沢悦子は政病と関わりがある可能性が高い。三沢悦子の存在が、都合の悪い人間がいるにちがいない」

「その都合の悪い人間が、黒服集団を雇って三沢悦子を消去しようとして、柚木雅子さんを襲おうとしたということですか」

鯨井に常連たちが問うた。

「私はそうおもう。三沢悦子と矢野医師の身辺を徹底的に洗えば、政病とつながってくるにちがいない」

「政病は精神に障害のある患者たちを食い物にしている病院と聞いているが、人生第三期の認知症的な老体も獲物にされているかもしれない」

「人間の弱みにつけ込んでいるシロアリですね」

「現役から退《ひ》き、環状線を循環しながら時間を過ごしている我々にとっては、途方もない巨悪ですが……」

「悪が巨大であればあるほど、環状線の車内でつぶしていた時間を利用できるのではありませんか」

「時間はたっぷりある。我々は持て余していた時間の使途《つかいみち》を見つけたようですね」

「時間はたっぷりあっても、シロアリの数は無限だ。たった六人の横丁のご隠居が、無限のシロアリを駆除できますか」

「駆除できようと、できまいと、持て余した時間を有効に使えることは確かだ」

「時間を持て余している者は、我々だけではない。時間はいくらでも補充できる」

「正義の基準は法律だ。だが、法律だけが正義ではない」

鯨井が言った。

「法律以外の正義の基準はなんですか」

「立法府が誤っていれば、法律は正義の基準ではなくなる。最高権力者（独裁者）が自分にとって都合のよい法律を作れば、その法律は正義ではなくなる」

鯨井が答えた。

「法律が正義の基準でなければ、なにが基準になりますか」

「人命だな。人命を救い、護《まも》ることが正義の第一義だとおもう。現行犯は警察官でなくとも逮捕できる。悪に襲われ、生命の危機に瀕《ひん》している者を救ったり、人を殺しかけている者に反撃したり、人の命を奪うことをなんともおもわない者を事前に抑制したりすることは、権力者に禁じられていても、正義だとおもう」

「つまり私製の正義というわけですね」

「私製の正義か。面白いね」

「少なくとも、環状線を循環しているよりは面白いよ」

「面白い正義というのがあるのかね」

「あるから、みんな乗り気になっているんじゃないのか」

「正義は娯楽《エンタメ》や趣味ではないだろう」

「あまり難しく考えることはない。目の前に正義の基準がぶら下がっているんだ。まずは三沢悦子と矢野医師との関係、および二人の素性の確認から始めよう」

鯨井の言葉に五人は同意した。

鯨井は、警察という権力に束縛されたタテ社会の正義よりも、私製の正義のほうが本物の正義に近いような気がした。

人生第三期、使命や義務から解放された自由を、正義の名において再び売り渡してしまった。まだ横丁のご隠居になる年齢ではない。昔取った杵柄《きねづか》が十分、あるいは現役時以上に手に馴染《なじ》んでいる間に、正義を行使したくなったのである。

人生は矛盾だらけである。だからこそ、人生は面白い。最高権力者から路上生活者まで、人生は一度限りである。その一度限りをどのように使うか。

戦時は統一され、平時はそれぞれに異なる。

幸いにして今は平時であるが、平和プラス自由では、常連のだれかが言った旗本退屈男のようになってしまう。

退屈が私製正義の行使の理由になるのか。不正に虐げられた人々を救うために、退屈な自由を使うのは不謹慎ではないのか。

鯨井は、自分が私製正義を提唱していながら、迷っている。

だが、悪い迷いではなさそうだ。少なくとも独裁権力の下で行使される理不尽な正義よりもましであろう。

常連たちは手分けした。

まず井草が、矢野医師は、T大医学部出身の医師であること、彼の父親はT大医学部の教授であり、医学界では〝閣下〟と称《よ》ばれる勢力を持ち、全国の病院に彼の弟子を派遣している医学界のボスであることを探り出した。

矢野は父親の七光りを受けて政病の院長に納まり、知事や警察と癒着して、患者を増やしている。政病にとって患者は財産である。入院患者を、精神保健福祉法を拡大解釈して長期入院させ、さらに社会復帰という名目で、同院構内の空き地を利用して経営している果樹園の労働者として酷使している。

そして、三沢悦子は看護師名目での〝終身囚〟の監視役であった。

同時に三沢悦子は矢野院長の愛人であり、時どき二人で学会に出席と称して上京し、情交している事実が探り出された。

だが、矢野院長と同じ穴の貉《むじな》であれば、「黒服集団に狙われたのはなぜか」という疑問が残る。忍足がその答えを持って来た。

三沢悦子は矢野の性奴にされていることに嫌気がさして、病院から逃亡し、現在、消息不明という。

三沢悦子は、政病が精神科病院の看板の下、内実は終身囚の監獄であることや、院内の患者に対する非人間的扱いを知り尽くしている「知り過ぎた女」であることがわかった。

逃亡した三沢悦子の口から政病の実態が明らかにされては、関連している他の精神科病院や、政財界や警察との癒着も暴露されてしまう。

三沢悦子の口を封印するために、政病は黒服集団を雇ったのである。

常連たちは、矢野院長や父親が経営している、リッチな患客（裕福な患者）のみに対応するグローバルクリニックの患客名簿に、暴力団の親分衆が名前を連ねていることをつきとめた。

矢野が大院長として君臨して、政財界の大物、要人、地方名士、そして解体した暴力団のフロント企業の社長たちが名前を連ねているグローバルクリニックの貴患客の中に、黒服集団のボスがいるにちがいないと、鯨井は確信した。

この間に、リタイアしてきた〝常連〟が、確実に増えていた。いずれも元警察官や、元警備保障会社社員や、元自衛隊員や、各種武道の達人などだ。

「柚木雅子さんの安全も確保しなければならない。黒服集団が、三沢悦子と瓜二《うりふた》つの柚木さんに再度、手を伸ばす危険性もある。彼女に当分、独り歩きは止めるように伝えておこう」

「当分の間、私が陰供《かげとも》に付きます」

スタントマン出身の笛吹が言った。

「陰供は私の得意分野です。笛吹さんの腕前はよく知っていますが、黒服は五人います。一騎当千の我々が二人陰供に付けば、黒服集団の一人ぐらい生け捕りにできるとおもいます」

忍足の提案に常連たちが、自分も陰供に参加したいというような顔をした。

柚木雅子は魅力的であるし、黒服集団を一人でも捕虜にするのは悪くない作戦である。鯨井以下六人の常連、さらに現役の枠から自由の海へ解き放たれた新参加者たちが社会の四方八方に巡らした人脈を最大限に使って、政病を病巣とするシロアリの情報を集めた。

これにより、権力に縛られている公的な機関よりも、無制限の資料が収集された。

そして、権力という巨大な壁や屋根によって隠蔽《いんぺい》されていた恐るべき事実が浮かび上がってきた。

医は仁術の名声に隠れて、権力や富賊《ふぞく》などと癒着して、まず全国から特患（家族がいない、家族と不和、アルコールや麻薬の依存者、認知症、路上生活者など）を、法という名分の下に、全国の病院、福祉事務所、経営不振の病院、指定病院などから、警察や知事の手間を省いて掻《か》き集める。そして精神保健福祉法を超拡大解釈して、あるいは保護義務があるが特患を荷物にしている家族の同意を得て、本来なら短期入院のところを、長期あるいは半永久的に、病院という名前の監獄に収容して、〝餌〟にしている。

餌は全国から集まり、多ければ多いほどシロアリの巣である政病を肥やす。

「しかし、政病と政財界や警察との癒着が浮上してきたとしても、医者が病気と認定し、家族も引き取らず、裁判所も警察も合法と認定していれば、我々はなにもできません」

集まった常連たちが言った。

病院が患者を餌にしていることがわかっても、常連に捜査権もなければ、テキが表面的に合法であれば、手も足も出せない。

仮に他の医療機関が正しい医療をすすめたとしても、家族が引き取りを拒否すれば、政病の医師と結んで、永久に入院させられる。

「だからこそ、私製正義の出番だよ」

鯨井が言った。

常連と新参加者の視線が鯨井に集まった。新参加とはいえ、いずれも警察のOBや、政財界に巣くうシロアリを憎んでいる者たちである。

「私製正義をどのように発揮するのですか」

北風が問うた。

「移動だよ。被害者を監獄同然の病院から、陽の当たる場所に移動させればよい」

「移動ですか。メモリカードのようなわけにはいきませんよ」

北風が驚いたような顔をして問い返した。

「一般患者が強制収容されているとしても、監禁されているわけではない。果樹園の農作業、中には市中に使いに出されている者もいる。街は政病の城下町であり、逃亡者はほとんどいない。仮に逃亡しようとしても所持金はなく、住人に見つかって病棟に連れ戻されてしまう。

入院患者の中には前科者も多く、凶悪犯罪者もいる。彼らは院内の特権階級として扱われ、一般患者を家来のように指揮し、逃亡を企てた平《ヒラ》（一般）患者には凄《すさ》まじいリンチを加える。病院側は見て見ぬ振りをしている。一般患者は特権階級を恐れて、逃亡しようなどという気は起こさない。それだけに特権階級も警戒はしていない。

そこを狙って、一般患者を移動させる。我が方には千軍万馬の環状線常連が揃っている。必ず成功する。そしてその成功を踏まえて、平患者の証言をシロアリの駆除剤とする」

自信のある鯨井の言葉に、常連たちや新参加者たちは一斉に立ち上がった。

旗本退屈男たちが、これ以上は考えられない退屈しのぎを見つけた感があった。

正義は実現しなければ意味がない。私製正義も同じである。

政病の財産である一般患者を盗まれたとしても、政病は訴えられない。訴えれば、隠していた不正や違法行為、さらに反抗した患者に保護と称してリンチを加え、殺害した罪が暴かれる。

「権力と癒着したシロアリは、まさか横丁の隠居が集結してシロアリの巣を襲うとは夢にもおもっていないだろう。そこを突く」

「しかし、シロアリの巣には、簡単には近づけないでしょう……」

井草が言った。

「その点はすでに現役の正義派に手を打ってある。つまり、自分が患者になって入院する。各地方の正義派病院の協力を得て、シロアリの巣へ送り込んでもらえば、患者にはいとも簡単に接触できる」

「危険ではありませんか」

「警察の正義派が患者に偽装して、私と一緒に入院する手筈《てはず》になっている」

「ご隠居《ボス》、水臭いじゃありませんか。なぜ、我々もお供させてくれないのですか」

笛吹、万葉以下、常連たちが抗議するように言った。

「集団で行くと察知されやすい。間隔を少しずつおいて協力してくれれば、心強い」

「当たり前でしょう。我々は除隊した戦友のようなものです。除隊したからこそ、現役にはできない芸当ができます」

北風が言った。

このとき、柚木雅子から電話があり意外な情報が伝えられた。

なんと、消息不明となっていた三沢悦子から柚木に連絡があったという。

三沢は、矢野医師に強いられた政病内での軟禁同様の生活に嫌気がさして逃亡し、身を隠していたが、いずれは張りめぐらされた医療関係の網から逃げきれないと悟って、人違いによる命の恩人の柚木雅子に救いを求めてきたそうである。

柚木が弁護士であることを知っており、政病の内実を伝えた。だが、彼女の現在の所在地まではおしえなかったという。

柚木が所属する法律事務所は、彼女の報告と鯨井主導の常連たちの行動を踏まえ、総力を挙げて、シロアリ退治に協力すると約束した。

政病にとって三沢悦子の存在は脅威であるにちがいない。それだけに全力で彼女の行方を追っているのだ。

「柚木雅子さんも安全とは言えない。後輩の現役に陰供をしてもらい、我々が患者として政病に潜り込み、一人でも強制入院患者の身柄を確保すれば、千丈の堤も崩れる。戦闘配置につけ」

鯨井の命令一下、まず六人の常連は、正義派の人脈が用意したルートに乗って、一人ずつ政病へ送られた。

六人組はいずれも精神の病を装い、彼らを送り込んで来た下請けの病院の医師の診断書や、地方公務員(自治体)の認可を持っていた。

そうして送り届けられた政病は、精神を病んでいる患者を人間として認めず、家畜でも飼っているような非人間的な強制収容所であった。

常連たちはとりあえず家畜として収容された。腹に武器を隠した危険な家畜である。紹介者を信じる政病側は、鯨井以下常連たちの入院に疑いを持たなかった。ここでも現役時代の人脈が物を言ったのである。

非人間扱いされている患者たちの大半は、終身囚のように入院を強制されている事実に気がつかない。

仮に気がついても、医師や看護師（看守）、また協患（病院に協力する患者）などは、永患（永久患者）、反患（反抗的な患者）などに保護と称して体罰を加えたり、入院期間を延長したり、入院患者の復帰を喜ばない家族と共謀して、終身入院を実施したりする。

反抗的な、あるいは脱走を試みた患者の中には、殺害された者もいるらしい。だが、その事実を知っていても、へたに洩《も》らすと自分が殺される危険があるので、知らぬ振りをしている。

院長および病院の所有者《オーナー》、また、その家医（家臣的医師）、忠医（忠節を誓った医師）などが、政治権力や財閥などの支援を得てシロアリの巣全体を運営しているというのが、政病の実態だ。

彼らは権力や財界の支持に増長して、鯨井のような人間が、現役の束縛から離脱して、私製正義の実現を実行しつつあることに気がついていない。

権力と経済力の支援を絶対とおもい込んでいるシロアリは、現役の束縛から解放された自由人たちの威力を知らない。

また、入院患者にはたしかに階級があった。

新入患者は、まず〝一般台〟になり、〝上飯台《じょうはん》〟、〝模範台〟へと昇進していく。

〝一般台〟は、運動や洗面が許される。

そして医師や看守に服従して信頼を得、〝上飯台〟へ昇進する。

さらに医師や看守に信頼されると〝模範台〟へ昇進する。食事内容が看守並みになり、入浴も週数回許され、医師や看守の私用を引き受けて、外出もできるようになる。

反抗分子、無能、脱走の前科のある者は終身、最低の〝土台〟にされる。〝土台〟は最新入院患者よりも低い階級であり、昇進はできない。

現役時代の人脈に頼って入院した鯨井以下六名は、まずは新入りの〝一般台〟となり、担当医師や看守に巧妙に取り入り、六人共に順調に上飯台、模範台へと昇進していった。

江戸期の囚人が、獄卒に娑婆《しゃば》から持ち込んだ金を賄賂《わいろ》に用いたのを模倣して、看守や協患に贈ったので、扱いは緩やかになった。

賄賂の金も持たず、反抗的な入患（入院患者）は、徹底的に絞られた。睡眠時間、食事も満足にあたえられず、家畜同然にしごかれた。果樹園に引き出され、重労働を強いられた。

「お前ら、豚以下だ。豚は死んだ後も食えるが、貴様ら、死んだら食えぬ。生きていても食えぬ。死んで肥やしにもなれぬ」

そして、飢えに耐えかねて果樹園の果実を盗み食いしている場面を看守に見られると、

「食え。食えるだけ食え。よいと言うまで食いつづけろ」

と、衆目の集まる中で、強食（無理に食べさせること）させられた。

見るに見かねた忍足が賄賂を摑《つか》ませ、看守に言った。

「これ以上強食させると死にます。死ねば、見ていた反患（反抗的な患者）たちが騒動を起こします」


「そろそろ始めていいんじゃないですか」

全員が模範台に昇進したとき、井草は鯨井にそっとささやいた。他の四人も同じ顔色である。

順調に昇進してきたとはいえ、ここは娑婆ではない。監獄同様の〝囚院《しゅういん》〟に収監されて、ストレスが溜《た》まってきている。

「環状線（車内）で本が読みたくなった」

「途中下車して行きつけのカフェでコーヒーを喫《の》みたい」

「コーヒーの前に渋谷の隠れ家『メシア』でうまいものを食いたい」

「今度は柚木さんを呼びたいな」

一同がそれぞれ勝手なことを言い出した。

その都度、鯨井は、

「もっと敵を引き寄せてからだ。獲物が接近すればするほど命中率が高くなる。シロアリは手強《てごわ》いぞ。我々には捜査権も逮捕権もない。なんの権力もない。私製の正義だけで、権力と癒着しているシロアリを退治するんだ。やり直し《アンコール》はきかない。チャンスは近づきつつある」と忠告した。

鯨井には常連たちのストレスがよくわかった。なにもしない自由に退屈しきった彼らは、私製の正義を勝手に創り出して、巨悪に戦いを挑んだ。身の程知らぬ挑戦である。

だが、矢はすでに放たれている。

懐かしくはあっても、もはや環状線には戻れない。

現役をリタイアして、なにをする自由に恵まれていても、余生（余った生）にはしたくない。

断じて余生ではなく、人生の後編である。後編であるがゆえに前編を踏まえている。

今、環状線から降りて、ようやく後編に入りかけたとき、シロアリに敗れては、後編は破壊されてしまう。後編が壊されれば、前編の意義や蓄積は失われてしまう。

鯨井は、権力の末端にぶら下がっていただけに、権力の怖さを知っている。

警察は権力に連なっていても、その中核ではない。

権力の中核とは、時の政府の最高責任者（いちばん偉い）たる人物であり、各官庁の大臣の上に君臨する人間である。

警察はその下に位置している。

そしてノンキャリアは、キャリアの子分のような存在である。キャリアはたった一回の最難関の国家公務員試験に合格しただけで、新幹線のようなスピード出世を保証される。

それに対してノンキャリアは、各駅停車である。そして各停警察官のほうが警察官の魂を持っている。彼らは、真実の発見と正義の実現のほうが、出世よりも警察官の本分だとおもっている。

鯨井もそんな一人であり、現役時代の人脈を駆使している。

最近では、警察官にあまり歌われなくなったが、

――我らは街の用心棒、悪い奴らは許さない。命を懸けて助けても、最後に救うは我が家族。どこに逃げても隠れても、あるとき必ず追いついて、肩叩《たた》かれ、振り返り、そこに刑事の顔がある。

逃げても逃げても追って来る、悪い奴らは逃げられない。見知らぬ人を救うとき、命を懸けて悪を討つ。

我らは街の用心棒、正義に生きて悪を討ち、出世をする暇もない。

それは我らの心意気（後略）――

犯人を逮捕し、仲間たちと打ち上げをしたとき、こんな歌が口をついて出た。上層部も参加した。

フリーになった後、私製の正義を設けたが、本来、違法である。鯨井は、違法は承知の上であった。

少なくともシロアリの違法よりは、私製正義の違法性のほうがはるかに小さい。

法の番人であった鯨井は、違法を承知の上で、正義の実現にトライしている。

結局、刑事の魂は、退職後も生きているのである。

そして環状線の循環を共有《シエア》した常連たちも、私製正義の実現を人生後編の生き甲斐《がい》にしている。

今や彼らにとってシロアリ退治は大きな生き甲斐になっている。

入院後一年弱が経過した。この間、政病（一政会病院）の資産とされる患者が続々と入院して来た。

入院から間もなく土台とされた患者は、終身囚として半永久的に入院することになる。

土台は、いつの間にか奴隷になっている。そのほとんどが奴隷とされていることに気づいていない。

政病内で最下級の土台は、その家族たちも引き取りを拒否して、終身強制入院に同意している。そして本人は強制されていることに気がつかない。

果樹園に収穫の時期がきた。

政病は都内、および近郊都市のフルーツ市場やフルーツパーラーと結んで収穫を配分し、加工し、客に直接味わわせ、あるいはその場で販売し、配送する。

さらに百貨店や、近隣の市場や、スイーツカフェなどとも提携して配送する。

果樹園には、その実りを直接味わう客も集まって来る。

恐るべき病院とは知らず、入院患者たちが実らせた味覚は、客たちに人気がある。

この日を期して、鯨井一党は、かねて退院を望みながら保護されていたり、家族から退院を拒否されている永患や、医師や看護師に抵抗して毎日（昼間に）果樹園での強制労働と、夜間に保護室でのリンチを加えられている反患たち、医師や看護師たちに従順に仕えて、上飯台に昇進して脱院の機会を狙っている患者たちに、ひそかに脱院のスタンバイをかけていた。

脱院希望者が裏切れば、鯨井たち一党は永患として保護室に一生監禁されてしまう。

「その懸念は無用。声をかけた患者たちは、いずれも脱院を強く望んでいる。仮に、裏切ろうとすれば、彼らも永患として終生監禁されることを知っている。

当日、果樹園成果フェスティバルの開場時を目指して、多数の客を乗せてバスが我々を迎えに来る。

フェスティバルの日は、外から多数の客が集まるので、ガードマンを動員しているが、その三分の一は、私の人脈だ。案ずるには及ばない。

決行は明日に迫った。脱院は正午《ドン》。ドンと共に行動する。

北風君は、永患保護室のキーを使って脱院希望の永患をバスに乗せる。

万葉君と井草君は、病院側の人間の顔をできるだけ多く撮影する。

今夜は、みんなぐっすり眠れ。質問はないか」

鯨井は一党の面々を見回したが、だれも質問しない。

シロアリたちは、なんの危惧《きぐ》も持っていないようだった。

権力の庇護《ひご》を受けている政病に潜り込んで、強制永患たちを解放しようとする者がいようとは、兎《う》の毛で突いたほどにもおもっていないのだろう。

当日がきた。

早朝から果樹園は開場し、医師、監督、看護師、上飯台から保護中の永患、抵患（抵抗する患者）、土台まで総動員されて、定位置についた。

抵患や土台は雑役に回される。外部の観光客を接遇するのは監督以下の上飯台、協患、模範台などである。

政病附属の果樹園は設備がよく、豊富な果樹園の成果の洋梨・白桃果肉や、冷やしたり凍らせたりした各種果汁や、マンゴープリンやメロンプリンなどを、ギフトショップに並べて接遇するので、口コミで評判が広まり、多数の客が集まって来る。

病院から招待されたＶＩＰには政財界の大物がいる。

場内には、市場やギフトショップだけではない。病院に呼ばれた人気歌手のアトラクションもあり、ますます客足が伸びた。

その間に、目立たぬようにガードマンが、目を光らせて散在している。

人気歌手のアトラクションが始まり、果樹園成果フェスティバルはますます盛り上がってきた。

客や病院関係者や患者たちの視線と意識は、人気歌手に集まっている。

バスはすでに駐車場で待機している。

鯨井はゴーサインを出した。信頼できる脱院希望者にはサインを伝えている。

アトラクションをよそ目に、患者がバスに集まって来た。

フェスティバルのメインであるアトラクションに背を向けて、駐車場に集まる人間たちに、ガードマンが不審をおぼえた。

「おい、どこへ行く。アトラクションは始まったばかりだぞ」

とガードマンが声をかけても、見向きもしない。

「トイレ、トイレです」

忍足と北風がタイミングよく答えた。

客が意外に多く、トイレが不足していた。

ガードマンは納得した。

だが、用を足した後、彼らはアトラクション会場へ戻らず、バスに乗り込んだ。

ガードマンが笛を吹いて進路に立ち塞《ふさ》がったが、バスはすでに動きだしていた。

初めて異変を察知したガードマンや、監督や医師たちは、バスに乗り込んだ者が観光客ではなく、すべて入院患者であることを知って、愕然《がくぜん》となった。

「警察。警察を呼べ」

監督が叫んだ。そのときにはすでにバスは会場から離れていた。

「警察を呼べ」と叫んだ監督は、

「警察はよくない。バスを追跡しろ」

と命令を変えた。

警察を呼べば、措置不要の患者に対し、無料の労働力を確保するために強制的に入院を延長している事実が露見してしまう。

癒着しているはずの警察の中にも、アンタッチャブルはいる。

バスを追跡せよと命じても、咄嗟《とっさ》に対応できない。バスを追跡すれば、多数の観光客に不審を抱かせる。

院長以下監督、看護師たちは、政病がいまだかつて経験したことのない大量脱走に対して、うろたえるばかりで、対応できなかった。

これまでは単独、あるいはせいぜい二、三人で脱走し、追手に捕まって連れ戻され、保護室で拷問され、殺害された者もいる。

遺体は病死、あるいは自殺で片づけられ、ほとんどの場合、遺族の遺体引き取り拒否に便乗して、医学研究の献体として処分されていた。

それが、今回は約五十人もの患者が集団で脱走したのである。

このときになって病院側は、模範患者として模範台になって間もない鯨井以下六人の姿が消えている事実に気づいた。

「あの六人組が患者の大量脱走を主導したにちがいない。奴らはなにものだ！」

と矢野院長は怒鳴ったが、だれも答えられなかった。

六人組は、権力と手を結んだ政病の正体を嗅《か》ぎつけて入院し、模範患者を演じながら、この大量脱走を計画、指揮、実行したにちがいない、とおもわれた。

日本最大規模、最悪の地獄病院の正体を探知して、大規模な患者脱走を実行したからには、かなり大きな「正義の味方」組織がついているのではないか、と院長は危惧した。

これまで権力に庇護され、極悪非道の限りを尽くしてきた政病の運営が危機に陥っている、とおもった。

「直ちに六人組を追跡し、彼らの正体を確認しろ」

と病院の幹部たちに命じたが、彼らも右往左往するだけである。

逃走患者たちは、いずれも政病の地獄病院としての正体を暴く証人となるであろう。

権力も、多数の証人たちの口を封じることはできない。

むしろ権力にとって政病は、今や邪魔な荷物になっている。

政病からバスに乗って脱走した患者たちは、途上、待機していた別のバスに乗り換えた。

そして高検の検事に、政病に違法監禁されていた事実を訴えた。

高検の検事は、鯨井の現役時代に意気投合していたアンタッチャブルである。

五十人近い証人による告発は、圧倒的な生きている証拠であった。

前後して、マスメディアに、政病内の実態が、鯨井以下六人組によって公開されていた。

全国から、精神保健福祉法を悪用し、大学、警察、県の公務員などと癒着して、入院するほどではない〝被害者〟を精神障害者、また、永久入院患者として強制収容（監禁）して、無償で酷使、不当の利益を得ていた事実が、広く報道された。

単に、精神保健福祉法を悪用して患者を奴隷化していた事実だけでなく、所轄の汚れた警察幹部と結託して、保護室で患者を拷問にかけて殺害した後始末を警察が引き受けていた事実が公《オープン》けにされた。

警察が殺人の揉《も》み消しを担当していた事実に、世間は驚愕《きょうがく》した。

五十人弱の生き証人の証言はマスメディアによって内外に報道され、地獄病院と癒着していた権力や、財界や、医学界などは、慌てて「政病とはなんら関係がない」と声明を発した。

私製の正義が巨大な悪魔に勝った。脱走患者の証言によって、判明している限り、十六名の患者が、院長以下病院の幹部たちの指示によって保護室で殺害された事実が暴露された。

脱走患者の中には、以前脱走に失敗し、保護室で拷問された者もいた。

院長以下幹部たちは、逮捕される前に総力を挙げて証拠隠滅を図った。

しかし殺害に用いた凶器や、証拠書類の処分をしても、生きている証拠、証人の口を封じることはできない。

検察は、地獄病院の公訴提起に十分な証拠が揃ったとして、立件した。

だが、鯨井以下六人の常連は、立件以後の進展について、あまり興味はない。今、最も興味があるのは、脱走患者たちのその後である。

強制入院中、家が解体されたり、家族を失ったり、職や、財産や人脈も消滅し、社会復帰したくとも拠点がない。頑張りたくとも夢や目的やチャレンジする希望がない。

鯨井は人生後編の自由に退屈して、環状線の常連と共に、退屈しのぎに、私製正義を踏まえて、その実現を図った。

だが、正義は、実現するだけでは意味がないことを悟った。

「せっかく人生を取り戻した彼らを、あとは勝手にしろと放りだすわけにはいかない。まさに仏つくって魂入れず、である」

「しかし、彼らをどうします。我々はハローワークではないし、彼らを養う資力もありません」

北風が言った。

「しかし、ここで突き放せば、彼らは再び、同じような地獄へ帰って行くのではありませんか」

忍足が発言した。

「そのようなことになれば、我々は、私製正義に従って、まったく無意味な行動をしたことになる。まさに退屈を紛らわすための遊びにすぎなくなってしまう」

鯨井も答えられなかった。

「ボランティアは、いかがなものですか」

井草が、なにかおもい当たるような表情をした。

「ボランティア……なんのボランティアだ」

鯨井が問い返すと、

「ライフアゲインという、自殺企図者を水際で阻止する、人命救助を第一義とする特定非営利活動集団（ボランティア）です。金沢《かなざわ》に本部があり、全国的に拡大され、海外にまでその価値観を拡《ひろ》げています」

「ライフアゲインという名前は聞いたことがある」

ライフアゲインの運動を支援している政財界人や、一般市民も多い。ライフアゲインの創始者は、福井県東尋坊《とうじんぼう》を所管する警察官であったと聞いて、鯨井はますますライフアゲインに親近感をおぼえた。

「水際で自殺企図者を引き止めるボランティアはゲートキーパーと称《よ》ばれていて、彼ら自身も水際で引き止められ、ライフアゲインに参加しました。今や世界的な活動になったライフアゲインですが、ただ、死の一歩手前で引き止めただけでは、再度自殺を試みる危険性があります。

自殺未遂経験者が社会復帰するために、日常を取り戻してやるシェルターと称ばれる運動が盛んになっています。

脱走患者たちをライフアゲインのボランティアに推薦してはいかがでしょう」

元新聞記者・井草の言葉は説得力があった。

まずは脱走患者たちに日常を取り戻してやらなければならない。ライフアゲインのスタッフに加わり、人助けをしながら彼らの日常を取り返してやれれば、一石二鳥である。

脱走患者たちはライフアゲイン参加を希望した。

鯨井はようやく肩の荷をおろしたような気分になれた。

六人の常連が偽精神障害者と政病の医師に鑑定されれば、たちどころに保護室に監禁されたかもしれない。

精神科の医師が詐病と見破らなかったのは天佑《てんゆう》であった。

振り返ってみると、ぞっとするような危ない橋を渡っていた。

「生き甲斐《がい》と幸せは、どこがちがうのかな」

渋谷の隠れ家に集まった五人の常連は、鯨井から問われて、即座に答えられなかった。

鯨井は独り言のように言葉をつづけた。

「私がおもうに、幸せとは肉体的に居心地が良いことだ。例えば、外はしんしんと雪が降っていて、暖房のきいた家の中で、家族に囲まれ、晩酌をしながら夕食を摂《と》っている構図などは、まさにささやかな幸せだとおもう」

「生き甲斐は、どうちがいますか」

笛吹が問うた。

「生き甲斐は、肉体的には辛《つら》くとも、家族との団欒《だんらん》を置き去りにしてでも、使命や責任を優先することではないかとおもう。生き甲斐のために命を懸ける。現役でないとできない芸当かもしれないな」

「そう言われてみれば、幸せのために死ぬ気にはなれませんね」

万葉の言葉に全員がうなずいた。

「どっちが大切ですかね」

「家族のためには幸せを選ぶな」

鯨井の言葉に、常連たちは納得したようであった。

だが、

「我々が政病に潜入して終身患者を解放してやったのは、生き甲斐でしょうか」

万葉が提議した。

「我々は生き甲斐のために、こんな危ない橋を渡ったのではない。政病を甘く見ていた。今になっておもい返すと戦慄《せんりつ》する。これからは私製正義を弄《もてあそ》ばないほうがよい」

「私製正義は、結局は我々の遊び《プレイ》だったのかな」

北風が言った。

「プレイにしては危険すぎた。退屈を癒《い》やすために私製の正義を生き甲斐にしたのかもしれない。生き甲斐、私製正義、いずれにしても生きている手応《てごた》えがあった。しかしこれからは日常の幸せや、一度限りの人生を大切にすることだな」

鯨井の言葉に全員の顔色が賛成した。

第三章　生きる手応え

六人の常連たちは日常に戻ったが、たちまち、退屈してしまった。

もう二度と危険な橋を渡りたくないと振り返って戦慄した六人は、早くも時間を持て余している。

朝は早く目が覚め、朝食も摂らずに図書館へ行く。書店へ行くべき足が、早朝、開館まで図書館前に連なる行列に並び、新聞を読んでから、借り出した本を持って環状線に乗る。

いつの間にか本を無料で読むことに慣れてしまっている自分を、恥ずかしくおもう。

そして常連に再会した。

同じ時間帯、同じ車両に乗る習慣がついているので、再会は奇遇ではない。常連は再会して戦友に会ったような気がした。

だが、戦場的な環境ではない。ラッシュアワーを外して戦友たちと同乗した環状線の車内は、居場所のない家庭よりも居心地のよい環境になっている。

鯨井は、

（これが、ささやかな幸せというのかな）

とおもった。

危険な状況を潜《くぐ》り抜けて全員無事の戦友たちと出会い、ほっとくつろいでいる。時間はたっぷりあり、なにものにも強制されていない。この自由で、まろやかな空間を、戦友たちが安全保障してくれる。

環状線を一回りして空腹をおぼえる。そろそろ渋谷の隠れ家が店を開く時間である。まずは熱い珈琲《コーヒー》を喫《の》んで、ランチを注文する。おもっただけで至福の時空（時間と環境）であった。

責任と使命と義務にがんじがらめにされていた現役時代と比べて、なんと豊満な、なにをしてもよい、なにもしなくともよい自由空間であろうか。

このとき鯨井は、幸せと生き甲斐が溶接して、一体となったような気がした。現役時代、生き甲斐は十分に堪能《たんのう》した。家族とのささやかな団欒を犠牲にして、生き甲斐の軌道をひた走った。その代償として、家庭に、自由になった身の居場所を失ったのである。

居場所のない家が息苦しくなって出たアウトサイドで、同類項（常連）と出会って、人生後編の生き甲斐をおぼえた。おもえば、豪勢な気分である。

現役人は幸せと生き甲斐を同時に味わえない。人生の後編であればこその贅沢《ぜいたく》である。だれからも命じられない、自発的な生き甲斐ほど贅沢なものはない。

鯨井は、私製正義の実現によって、自由な生き甲斐を得たとおもった。

生き甲斐には危険が伴う。危険の伴わない生き甲斐も、探せばあるであろう。それは、今後の生き方による。

常連と共に隠れ家で盛り上がるとき、余った生（余生）が本物の生のように感じられる。

だが、いつまでもこんな贅沢がつづけられるとは、常連たちはだれもおもっていない。それだけ彼らは人生の経験を積み重ねている。

現役から第三期へ移動《スライド》した当座は、ただ流れるだけの時間を持て余していた。今はちがう。常連という同志を得て、生きることが楽しくなっている。なにが楽しいといって、友達がいることである。

学生時代や現役にも友はいたが、方位がちがっていた。

特に学生時代は、青春という無限の未知数に向かって、社会の方位がそれぞれに異なっていた。

だが、今、一緒にいる同志たちは、約束したわけではないが、向かうべき方位がほぼ同じである。しかも頼り甲斐のある同志である。

再会して間もなく、笛吹が二人の女性を隠れ家に同伴して来た。そのうちの一人は常連たちと顔馴染《かおなじ》みである。

「渋谷の街角でやくざっぽい若者の集団に絡まれて困っていた柚木さんと、こちらの女性を見かけて同行しました」

と笛吹が報告するように言った。

「こちらの女性は、今日上京して来たばかりの三上雪子《みかみゆきこ》さんです。道を聞いた三上さんを、案内してやると取り囲んで、無理やり連行しようとしたところに私が出くわし、注意したところ、今度は私までも強制連行しようとした場面に、笛吹さんが通り合わせて救《たす》けてくださいました。笛吹さんが通り合わせなかったら、どんなことになったかとおもうと、ぞっとします。あの若者集団は、渋谷へ迷い込んだ女性を狙っている狼です。狼の獲物になった女性は少なくありませんが、黙っています。他言すれば殺す、と脅迫されたのかもしれません。警察官のいないところで、地方や近隣から遊びに来た若い女性を獲物にしているゴロツキです」

柚木雅子は、危険な集団であることを知りながら、見過ごしにできず制止したらしい。

彼らは暴力団の予備軍ともいえる、愚連隊と称《よ》ばれる不良少年の集団であり、都会、特に渋谷に不慣れな余所者《よそもの》を餌にしている。

場馴《ばな》れしていない、少し飛んでいる少女が彼らの餌となる。

東京に単純に憧《あこが》れて、家庭の事情や、いじめや、失業などは、東京へ行けばなんとかなるだろうと甘く見て、遠方から上京して来た女性たちは、たちまち、待ち構えていた悪少《わるしょう》（不良少年）グループや、変態的な大人たちの好餌《こうじ》となるのである。

三上雪子と名乗った少女は、一見、二十歳前後。一張羅らしい、田舎では目立っていたかもしれないシンプルな服装を都会的に着こなしているが、旅の埃《ほこり》で薄汚れて見える。

肩までのセミロングボブヘアで、膝丈《ニーレングス》のタイトスカートのバックスリットから、すらりと伸びた膝下《ひざした》の長い脚がセクシーである。

まさに「私を食べて」と言わんばかりに、狼の群れの中に飛び込んだようなものである。

「今夜、泊まる予定の場所はあるの」

と柚木雅子が問うた。

「三年前に上京した先輩が、渋谷から出る私鉄沿線の町のアパートに住んでいたのですが、今日訪ねて行くと、一年前に夜逃げするように出て行って、移転先はわからないと大家さんに言われました」

「あなた、三年前に上京した友人の住所を確認しないで来たの？」

柚木が呆《あき》れたような声で問うた。

「ともかく今夜は、私の家に来なさい。狭いが、君が眠れるスペースぐらいはある」

と笛吹が言った。

笛吹はこれまでにも、やくざや不良少年に捕まって餌にされかけた若い女性たちを何人か救っている。

常連たちは政病の永患たちを救出して以来、彼らのシェルターとなっている。

「あなたは、いい人に救われたわ。東京は怖いところよ。知らない人は敵と見なしたほうが安全だけど、ここに集まっている人たちは正義の味方。安心よ」

と柚木雅子が言葉を添えた。

柚木の言葉に、鯨井は少なからぬショックをおぼえた。

客観的には正義の味方かもしれないが、現役として選んだ職業が警察官であり、正義の実現と真実の発見を職業の目的として最初から押しつけられていた。

警察のポリシーを選んだのではなく、警察官という職業を選んだのである。

ポリシーがそのまま警察官の理念とされるが、理念にはかなり個人的なものがあり、警察組織と警察官の間には微妙な温度差がある。

人生の最もパワフルな期間を警察に捧《ささ》げた鯨井は、新幹線のように出世の階段を駆け昇るキャリアに対して、階段を一歩ずつ、各駅停車のように昇って来た。

警察官僚（新幹線《キャリア》）と警察官（各駅停車《ノンキャリア》）は、いずれも同じ警察に所属していながら、両者の間には、断じてちがう人生がある。

そのちがいにより、定年退職して人生の後編に入ると、出世が早すぎる警察官僚は、現役時代にコネクションをつけた政治家に面倒をみてもらい、居心地よい場所に天下り《パラシュート着地》する。あるいは政治家そのものにジャンプする者もいる。

だが、鯨井は、それを羨《うらや》ましいとはおもわない。人生の総決算期に当たる後編まで、権力のコネクションにつながれたくない。自由の大海にコネクションは要らない……どころか、かえって、権力の紐《ひも》付きになるのは真っ平である。

雪子はようやく落ち着いてきたようである。

だが、明日以降の生活方針は定まっていない。とにかく今日を生き抜くことが焦眉《しょうび》の問題である。

三上雪子がぽつりぽつり語った身の上話によると、東北の小さな町の高校を卒業後、就職先がなく、両親の諫止《かんし》に耳も貸さず、東京へ行けばなんとかなるだろうと、先に上京していた高校の先輩を頼って来たという。

郷里には仕事はない。盆暮れに、山のような土産を持って帰省して来る先輩から、東京のいい話ばかりを聞いて、矢も盾もたまらず飛び出して来たそうである。

一年の約半分は雪に覆われ、若者が次々にいなくなる。老人たちが置き去りにされていく郷里に未来はないようにおもって飛び出して来たが、たちまち、都会の飢えた狼の群れに食われるところであった。

彼女を郷里へ送り返しても、また上京して来るであろう。狼から救っただけでは、本当に救ったことにはならない。

ここで彼女を突き放せば、大都会という密林《ジャングル》の弱肉強食の餌となるか、自ら死を選ぶか、あるいは自分の肉を食うような生き方をしていくにちがいない。

鯨井たちは三上雪子を、とりあえずライフアゲインのシェルターに預けた。

そのときライフアゲインのシェルターから、大都会のジャングルを悪用している愚連隊と変態集団がいるとの訴えを聞きつけた。

伝え聞いた情報によると、最近、お上りの若い女性を獲物として狙う愚連隊の大集団がいて、渋谷の街を跋扈《ばっこ》しているということである。

少し前までは新宿、六本木、上野界隈《かいわい》を漁場《ハンティングスポット》としていた狼たちが、お上りの羊が集まる渋谷に移動して来たという。

「愚連隊はおおむね暴力団の予備構成員であり、変態集団は、金に困らぬ富族《ふぞく》（賊）がスポンサーとなり、ぽっと出の羊を狩るアシスタントが、ノーマルなプレイに飽きた富賊たちを介助《アシスト》しています。

変態集団の中には政財界の大物も交じっているようです」

ライフアゲインのシェルターから伝えられた情報に、鯨井はおもい当たるところがあった。

現役時代の人脈に、最近、上層部から、目に見えない圧力がかけられているようだと聞いた。

それも法律に触れるような露骨な圧力ではない。アンタッチャブルを懐柔するソフトな圧力であり、圧力であることすらわからぬ巧妙な懐柔《マッサージ》が入るというのである。

鯨井も現役時代、上層部からのマッサージを感じたことがある。つまり、正義の基準よりも、裏社会構造ルールのほうが優先される。

だが、鯨井以下環状線の常連は、裏社会の住民ではない。

「愚連隊や変態集団の富賊が裏社会と関わりがあるとすれば、面白いことになりそうですね」

汚職の巣である官庁に勤めていた北風が言った。

汚職は常に権力と結びついている。

政界に野心のある官僚は、富賊、すなわち業界と結んで、課長、部長、局長と出世の階段を昇りながら、政界という雲の上の権力と相通じ、そして自分が権力そのものとなりたがる。

権力というピラミッドの頂上には一人しか昇れない。頂上に昇れなかった者は業界の要人や政府関係機関の長となるか、あるいは有力な民間会社に天下りする。

ここに権力と民間大企業との癒着が生ずる。権力と富賊の相互寄生である。彼らは寄生し合って甘《うま》い汁を吸い合い、そして双方共に肥《ふと》る。

権力とつながった富賊たちが、東京に憧れて地方から集まって来る羊たちを好餌にしている、と、ほぼ信頼できる情報を聞いて、常連たちは知らぬ顔をしてはいられなくなった。

常連たちは、すでに私製の正義を強化している。

富賊が羊たちを面白半分に弄《もてあそ》びながら、肥え太っている現実を目の当たりにして、指をくわえたまま黙っているわけにはいかない。

「晩節を全うする、という言葉があるが、自由の大海に放たれたいま、それを悪用する賊を懲らしめて、社会に貢献したい」

「やりましょう」

「このまま環状線を循環していては、我々も、富賊ではないまでも、毎日が大型連休になってしまいます」

「大型連休ならばまだいいが、昼寝ばかりして、せっかくの自由を腐らせたくないね」

「自由は腐りやすいよ」

「そうだな。晩節を全うするとは、一度限りの人生を腐らせないということだね」

常連たちの意見が一致した。

六人の常連は、お上りの羊たちを守るために渋谷の全地域をパトロールし始めた。

渋谷のスクランブル交差点は、あらゆる人種が去来集散している。

渋谷に集まる人々の、通勤、通学、ビジネス、待ち合わせ、観光、散歩、買物、時間つぶし、探しもの、飲食、芸能、美容、勉学等、雑多な人生が行きずりに出会い、すれ違う。

観光外国人にとっては、無数の人間たちが衝突、接触することもなく、それぞれの方位に向かって通行しているスクランブル交差点が、驚異の的になっているようである。

そしてスクランブル交差点を中心にして、行きずりの人生が交差しながら、渋谷というミステリアスな街を構成している。

東京のどの街にもない、いや、世界のどこにもない、一見、無目的の行きずりの人生の坩堝《るつぼ》である。

そして渋谷的な坩堝ほど、富賊にとって魅力的な遊び場《プレイランド》はない。

常連たちは数日、スクランブル交差点を起点として、文化村《ぶんかむら》通り、センター街、公園《こうえん》通りや、井ノ頭《いかしら》通りからスペイン坂、道玄坂などに分岐しながら集散していった。蜘蛛《くも》の巣のように四方八方に延びている主要な場所への人の流れについている間に、獲物を探している富賊と、彼らの陰供《かげとも》が見分けられるようになってきた。

いずれも一見二十代、仕立てのよさそうな上質な生地のスーツに、ダークカラーのネクタイを締め、慣れた足どりで歩いている。

そして、切れ味の鋭い凶器のような身体をきりりと引き締めた、崩れていながら鋭角的なアルマーニで固めた陰供が二～三人、適当な距離をおいて同じ方位に向かって歩いている。

鯨井は一見して、彼らが富賊と、その陰供であることを察知していた。

富賊は、女性に不自由しているわけではない。いくらでも女体を買える経済力を持っている。

だが、金で買える女体は、人形にすぎない。人形に飽きた彼らは、自由の海でぴちぴちした、生きている女体を漁《すなど》りたいのである。

彼らの慣れた歩き方を見ていると、彼らにとって渋谷の街は恰好《かっこう》の漁場であることがわかる。

富賊は獲物を漁《あさ》っても、傷つけたりはしない。漁《すなど》った獲物を十分に味わった後、相応の金をあたえて放つのが彼らの手口である。

獲物は最初抵抗するが、豪勢なホテルに連れ込まれ一夜を過ごした後、十分な金をあたえられて口をつぐむ。

中には新鮮な女体から、人形になってしまう者もいる。人形は富賊にとってもはや興味の対象ではない。陰供たちに払い下げているようである。

こうして富賊の餌となり、人形化していく上京女性《オノボリ》が多い。

彼女らにしてみれば、上京して富賊らの獲物にされることが就職であった。ぽっと出の女性たちを富賊から護《まも》るのは、彼女らの就職の邪魔をしていることになるのかもしれない。

だが、それは社会に参加するための就職ではない。

社会的な職業とは、それぞれの能力を駆使して、どんなに小さな力であっても社会に貢献することである。

登山者は、登山路の傍らに石を積み重ねていく。「ケルン」と称《よ》ばれる。

ケルンは、後から来る登山者が道に迷わぬように、と積み重ねられた道標《みちしるべ》である。

いずれは風化してしまう石など積むのは面倒だと、先登者がケルンを築かなければ、後続の者は道に迷ってしまう。

どんなに小さくともよい。それぞれの一石を積み重ねれば、後続者への指導標となる。

就職は、社会への参加であり、文化の発展に寄与するケルンの一石である。

その一石を、悪《わる》の積み重ねにしてはならない。

鯨井以下六人の常連は、それぞれのケルンの一石を胸中に抱いて、富賊の監視をつづけた。

東京オリンピックから大きく変化した渋谷は、江戸元禄《げんろく》期には、松尾芭蕉《まつおばしょう》が「よし野にて」の前書で詠んだ「しばらくは花のうへなる月夜かな」の句のように、ようやく町屋が広尾《ひろお》や道玄坂に建ち並び始めた情景を、「花のうへ」と形容されたが、今日では不夜城となっている。

昼間から夜にかけて、人工の光が砕けて、月光や星の光を消してしまう。

芭蕉が「花のうへ」と見立てた渋谷の夜は、東京各所の盛り場に比べて、地名に谷として刻まれた陰翳《いんえい》が、他の酒場エリアと異なりミステリアスな情緒を隠している。

その街の明るさの中に隠されている陰翳である。

昼間から夜にかけての光と影が交替する時間帯、特に週末に、人が、甘きに群れる蟻のように集まって来る。

富賊の陰供も見える。

彼らは常連たちには目もくれない。

暇を持て余して、渋谷に迷い込んだ老体たちは、彼らの視野に入っていないらしい。

富賊から見れば、常連たちは、居る場所や、行く先を失った人間と映り、なんの興味も示さない。

たとえ視野に入っても、見ないのである。

常連グループから少し離れて、雪子がついてくる。

グループに救われて新しい人生を歩き始めた雪子は、すでに渋谷に慣れた都会人になりきっている。

テーラードカラーのジャケットを着こなしたシンプルな服装で、内巻きにカールさせた肩までのセミロングボブヘアは、一寸の隙も見せない高級な秘書風である。

富賊たちは、東京に完全に順化した隙のない女性には手を出さない。

彼らにとっては、東京の人間の坩堝の中に迷い込んでうろうろしている、隙だらけの、ぽっと出の若い女性がターゲットになっている。

その日、週末の渋谷は、東京中の人口が集まったかのように混雑していた。

特にトワイライトタイムには、人波が濃厚になる。

週末の渋谷は、東京の臍《へそ》といってよい。

それも出臍ではなく、その凹《くぼ》みの奥に老若男女の人生が差別なく詰め込まれている。

密林《ジャングル》のような新宿、功成り名遂げたステータスの箔《はく》をつける銀座、北の出入口上野、埼玉県の出店池袋、東海道以南の江戸期のシンボル品川、その他、東京都内の惑星のような環状線外の下北沢《しもきたざわ》、自由《じゆう》が丘《おか》、吉祥寺《きちじょうじ》、町田などから渋谷に移動して来る者も多い。

彼らにとって渋谷は、人間の坩堝をさらに濃くしたような臍であった。臍は母胎と胎児をつなぐ生命線である。渋谷に集中する人々（住人、通行人、観光客、遊び人、仕事人、途中下車人など）、渋谷人《びと》のすべてが渋谷と臍の緒によってつながれているように鯨井はおもう。

銀座や、学生盛り場のような差別はない。密林的新宿のように、種別に棲《す》み分けてもいない。

「富賊が羊を狙っている」

忍足がささやいた。常連たちもすでに気づいていた。

男たちは、いずれも生地のよいオーダーメイドシャツでノータイ、イタリアンメイドらしいダークスーツをシャープに着こなしている。三上雪子に以前声をかけたのと同じ男たちだ。親の威光を笠《かさ》に着ていることは明らかである。

少女グループは、キャリーケースを手にして、飾りたてた服装であるが、都会的に洗練されたスタイルではない。濃い化粧《メイク》が、ぽっと出の、都会的な環境に不似合いなさまをアピールしている。

むしろノーメイクで、へたにいじくらないほうがよいのに、彼女らが生まれ持った自然の美しさを自ら破壊している。

富賊が目をつけて気づかれぬように尾行している三人の少女たちは、都会の水に磨かれた女性が決して着ないような、ブランドで買った派手なファッションで身を固めている。少女っぽい彼女らの一人は明らかに未成年である。

だが、彼女らの洗練されていない野暮ったく飾りたてたスタイルが、獲物を漁っている富賊たちを惹《ひ》きつけている。

富賊のリーダー格が三人の少女グループに話しかけた。

「どうやら唾《つば》をつけたようだな」

距離を置いて見張っていた井草が言った。

少女らの緊張していた顔が緩んでいる。富賊の声は聞こえないが、接触第一段階で、食事を共にしようとでも呼びかけたのであろう。

少女グループは富賊の鄭重《ていちょう》な言葉と優しげな勧誘に、ほっとしたようである。

富賊のいかにも豊かそうな服装と、豪勢なアクセサリーや男専用の香水の匂いに、全面的に信用したらしい。

富賊たちにつかず離れずの、アルマーニのスーツにネクタイをしめたサラリーマン風の、一見三十代の二人の男を陰供と見た。極めてノーマルな服装であるが、シャープな凶器のような鋭角的な着こなしであり、目付きが鋭い。

陰供は興味のなさそうな表情で、視線を別の方に向けている。ぽっと出の少女たちに甘い餌を差し出して、その後の展開を知り尽くしている陰供たちは、天下泰平のクライアント（富賊）たちの護衛がばかばかしくなっているのだろう。

陰供は万一のための護衛であるが、富賊と少女たちの間には友好関係が成立して、邪魔者が介入する余地はない。

陰供はすでに無用の存在となっている。もともと陰供は、金で雇われただけで、やる気がない。

富賊は少女グループを、渋谷の天守閣のような超高層ホテルの高層階レストランに誘った。

トワイライトは終わり、超高所からの展望は渋谷だけにとどまらない。東京を一望におさめたかのような本格的な夜景が、多数の電飾の光点を視野の限り鏤《ちりば》めて、展開している。光の海はそのまま満天の星の海に連なる。

そこで馳走《ちそう》された美食は、きっと少女たちにとって生まれて初めての料理ばかりであろう。

少女らは富賊に完全に心を許しているようだ。初対面の自分たちに最高のもてなしをしてくれた富賊は、信頼するに足る紳士であるとおもったらしい。

東京は怖い、危険な落とし穴が至る所にあるとの耳学問はあったが、事実は、みな優しく親切な紳士たち、と見直している表情だ。

鯨井、北風、井草の三人は、富賊と少女たちが視野に入るスカイレストランの一隅に席を占めて、見張っていた。

忍足と万葉は、レストランの外でそれぞれ戦闘配置についている。

「食事の後、狼が牙《きば》を剝《む》くぞ」

鯨井が声を忍ばせて言った。

「ホテルの部屋に連れ込むでしょうか」

井草が問うた。

「たぶん。乱交パーティにはもってこいの環境だよ」

「そうなると、我々は室内に入れませんが」

北風が言った。

「心配ない。このホテルには、現役時代の人脈がある。上京したばかりの少女が客室に連れ込まれている。少女凌辱《りょうじょく》の現行犯に立ち会えば、逮捕状は要らない。人脈は仰天して、部屋のドアをオープンしてくれる」

鯨井の言葉には自信があった。

「さすがは鯨井さんだ。しかし、部屋に連れ込んだだけで、現行犯でない場合はどうしますか」

北風が問うた。下手をすれば、客の部屋に乱入したとして、住居侵入罪に問われる。

「少女らしく見える三人のうち、一人は明らかに未成年者だよ。それだけで入室する条件を十分備えている。案ずることはない。富賊たちは食事をして体力を蓄え、下半身が十分に飢えている。現行犯確実だよ」

鯨井は断言した。

富賊と少女のグループは食事を終え、高層階に予約《キープ》していたデラックス・スイートに入室した。

鯨井の指揮の下、ほかの五人の常連が集合した。柚木雅子と三上雪子も駆けつけて、状況を見守る。陰供は富賊と少女グループがスカイレストランに入る前に、すでに解散していた。

フロントスタッフを呼んで事情を告げ、スペアキーを持参させて、少女救出の態勢を整えた。

ホテルとしては、館内での上得意の富賊による少女凌辱事件を内聞に付したい。警察沙汰《ざた》になる前に、顔馴染《かおなじ》みの元刑事に現行犯逮捕してもらえば、鯨井が警察との対処を適当に取り仕切ってくれるはずだという含みを持たせた協力であろう。

顔の広い鯨井の現役時代には、ずいぶん面倒をみてもらっている。

鯨井からの申し入れがなければ、室内でなにをしようとホテル側は干渉しない。

第一、室内でなにが行われているかは知らない。客が在室していて、ホテルのスタッフが客の許しも得ずに部屋に入れば、住居侵入罪に問われる。

だが、顔馴染みの元刑事から、少女を連れ込んでの凌辱の現行犯と言われては、知らぬ顔をできない。

「行くぞ」

鯨井が同行している常連たちにゴーサインを出すのと同時に、フロント主任が開扉《ドアオープン》した。

先頭に立って踏み込んだのは、元戦場カメラマンの万葉と元新聞記者の井草である。

二人は室内にカメラを向けて連写した。

仰天したのは、ベッドや、床の上に這《は》って獲物を貪《むさぼ》っていた富賊たちである。少女たちはすでに抵抗する力も失い、貪られるままになっていた。

「な、なんの真似だ」

「お前たちは何者だ。一一〇番するぞ」

「強盗か。金が欲しければくれてやる。出て行け」

突然の侵入者に竦《すく》み上がった三人の富賊たちは、少女を楯《たて》にして、震えながら声をあげた。

「一一〇番して困るのは、あんたたちじゃないのか。初対面の少女をホテルの部屋に引っぱり込んで凌辱した。市中で初めて出会ったこの少女たち、一人は未成年者をホテルに連れ込んで犯した。写真を見れば合意の上のセックスでないことがわかる。それでなくても、被害者があんたらに強姦《ごうかん》されたことを証言する」

鯨井が止《とど》めを刺すように現行犯逮捕を告げると、常連に同行して来た柚木雅子と三上雪子が富賊の前に進み出て、

「あなた方、こちらの女性を憶《おぼ》えているでしょう。少し前、一人で初めて上京して来た彼女が、あなた方に拉致《らち》されそうになったとき、ボランティアに救われました。

彼女は、あなた方の顔をよく憶えています。彼女以前にも、あなたたちの餌食《えじき》になった若い女性が大勢います。私の調査で判明しただけでも、十六人の被害者がいます。一人一人に対面すれば、おもいだすでしょう」

と柚木雅子が言った。

「あんたらを現行犯として逮捕する。逃げても逃げられないよ。この写真をマスメディアにばらまこうか。もちろん被害者の顔は消す。あんたら、たちまち全国区の顔になるよ」

万葉と井草が言った。

「許してくれ。金ならいくらでも出す。出来心で、悪気はなかった。女性たちにも慰謝料を払う。お願いだから、写真を公開するのはやめてほしい」

富賊たちのリーダー格は泣かんばかりにして訴えた。

「なんでも金で解決がつくとおもったら大まちがいだよ。上京して来る女性たちを獲物にしているのは、あんたたちだけではあるまい。女性の天敵、あんたたちの仲間をリストアップしろ。そうすれば写真の公開はしない」

「それだけは許してくれ。我々は殺されてしまうだろう」

リーダーはほとんど泣きながら訴えた。

「あんたらが殺される前に、リストを公開する。べつにあんたらが女性の天敵仲間を秘匿しても、先生が仲間の調査をつづけている。この期に及んで逃げられないぞ。あんたらの背後には、両親や友人や先輩、後輩たちが犇《ひしめ》いている。あんたらの写真や、今までの履歴が公開されれば、あんたらの人脈が大いに傷つくだろう。社会の非難を集めて、名声や、名誉や、財産なども失ってしまうだろう。あんたらのくだらない遊びのためにな」

「勘弁してください。我々が悪かった。相手の女性たちには十分な補償をします」

三人の愚息たちは泣いていた。

彼らの親はいずれも知名度が高く、それぞれの方位の旗頭になっている。馬鹿息子の悪行がネットにのって、全国、世界に流されれば、父親の社会的生命も破壊されてしまう。親はまだ愚息たちが現行犯逮捕された事実を知らない。

親の威光で鯨井以下常連に圧力をかければ、犯行中の画像が内外に流れてしまう。もともと親の七光りで悪行三昧《ざんまい》に明け暮れている馬鹿息子たちも、事態の尋常ならざることを悟ったようである。

「親にこれ以上迷惑をかけたくなければ、反省して、これまで積み重ねてきた悪行の罪滅ぼしをしなさい」

鯨井に言われて、リーダー格は、

「罪滅ぼしに、どんなことをすればよろしいのですか」

と問い返した。少し落ち着いてきたようである。

「ライフアゲインという人命救助を第一義とするボランティア集団を知っていますか」

「いいえ。初耳です。ライフ……」

「ライフアゲインです。社会には経済的な事情、人間関係、病気、いじめ、天災や人工的災害によって生きる気力を喪失した人々、また、命を狙われている人たち、自殺企図の人たちが増えました。これらの人々は一度限りの人生に価値を見失っています。また、器物を壊すように他人の命を奪う、人間性を失った人もいます。また、ライフアゲインはこれらの人々を救い、非人間化した人に、人間としての価値観を取り戻させようとしているボランティアの集団です。

ただ命を救い、人間としての価値観のお説教をするだけではない。これらの人々が人生を再建するまで支援する団体です。罪滅ぼししたいのであれば、ぜひ、あなた方の力を借りたい。これまでの悪行の罪滅ぼしに、自殺企図者や、社会からドロップアウトした人たちの人生再建のために、力を貸してくれませんか」

鯨井たちの切々たる言葉に、愚息たちは改めて自分たちが犯した悪行を振り返り、ライフアゲインの支援を誓った。

鯨井は、現役時代の経験から、彼らが現行犯逮捕の危機から逃れるために、束の間の支援を誓ったのではないことを悟った。

鯨井たちが摑《つか》んでいる動かぬ証拠と引き替えの取引でもない。

彼らも親の七光りに便乗した悪い遊びを、心からエンジョイしていたわけではない。後味の悪い遊びに良心がとがめはじめたタイミングで、ライフアゲインの支援を求められた。彼らにとっても、鯨井の要請は人生再生のチャンスであった。

もはや彼らは富賊ではなく、社会を支援するボランティアになった。

鯨井以下、環状線の常連たちの行動は、その他の富賊たちにも伝播《でんぱ》して、次々と富賊から社会のためになるボランティアへ転身していった。

環状線常連たちによる現行犯逮捕の結果、少なくとも富賊の跋扈《ばっこ》は取り除かれた。富賊が街角から消えても、都会の害虫は生き残っている。富賊の陰供をしていた連中も害虫であった。

富賊のように金は持っていないので悪事のスケールは小さい。だが、小悪がはびこる間に、巨悪に変化する虞《おそれ》がある。

合法的な麻薬と称して、怪しいクスリを売りさばく者や、海外から移動して来た集団掏摸《すり》や、マフィアや路上売春など、大都会という巨大な森林の林床の苔《こけ》や、低木の茂み、ツルや樹皮、高木の枝に取りつく害虫のように、怪しいものが潜んでいる。

害虫は生きるために森林内を食堂にしている。小悪党は大都会で生き残るために、街角を悪事の食堂にしている。生きるためにやむを得ず悪行を重ねるのではなく、食べるためにしているような悪も多い。

つまり、大都会では生きるために悪になる者よりは、悪くなるために生きている者が多い。

悪は、大都会の一種のステータスである。ステータスのために人生を汚し、ステータスを邪魔するものは容赦なく取り除く。

現役を大過なく勤め上げ、自由を得た人生第三期の者にしてみれば、悪のステータスは怖い。

人生第三期では、ようやく手に入れた自由に浮かれたつが、人生の残り時間は短くなっていく。時間だけではなく身体も疲労してくる。

これを悪が見逃すはずがない。老人が悪の食堂において餌にされるのは、そのためである。

今は後編に入ったばかりの常連であるが、時間の流れによる高齢化は防げない。

「これからが本番だ。我々も齢《とし》をとる。みすみすやつらの餌食にはならない。むしろ悪との戦いこそ、我々のステータスだよ。

人生、面白いじゃないか。もしかすると我々も、生きるためより、悪を駆除するために生きているのかもしれない。悪の駆除は我々のレクリエーションだよ」

「それがボスの生き甲斐《がい》なんじゃありませんか」

北風が言った。

「悪退治がレクリエーションで生き甲斐とは、恐れ入ったな」

忍足がつぶやいた。

「そんなにいちいち分析する必要はない。俺たちが後編をエンジョイしていることは確かでしょう」

笛吹が言葉を挟んだ。

「その通り。環状線から始まって、毎日がハッピーだね。少なくとも退屈していない」

「退屈する暇がない。ということは、死ぬ暇もないということになるぞ」

井草に万葉が言った。

「おいおい、また分析してるよ」

忍足が言った。

「分析はしていない。だが、自由の楽しみを分割はしている」

鯨井の言葉に、全員が沸き立った。

人間として生きるということは、ただ生物学的に生きているのではない。生きている間に、なにをするかが問題である。悪事も生物学的ではない。生きている間にすることとは、社会に貢献するか、あるいは害悪を与えるか、二つに一つである。

問題は、善事（正義）と信じて悪事を働く場合や、悪事を強制される場合である。なんらかの集団や組織に所属して、スケールの大きな悪事を働く極端な例は戦争である。戦争は、彼我いずれも正義と信じて、殺し合う。集団化すると、双方共に正義の実行と信じる。信じない者も、マインドコントロールされる。

戦争は、どちらにも正義はない。だが、戦争は永遠につづかない。戦争から学習した者は、永遠の不戦を求める。つまり、一度限りの人生であるだけに、後悔のない生き方をしたいとおもうのである。

若いころは時間が無限に与えられたように錯覚して、時間を浪費する。それが若さであり青春である。

人生第三期に入ると、時間が濃厚になる。これを「漏斗《じょうご》の法則」という。常連たちは今、なにものにも所属していない。天下御免の自由人である。その自由によって、社会に貢献したい。

常連たちは一政会病院と、富賊たちを乗り越え、除去、あるいは矯正して、爽《さわ》やかな気分になっていた。私製の正義ではあったが、正義にはちがいないと信じている。生き甲斐と幸福を同時に収穫して、彼らは退屈な人生から、生きる手応《てごた》えを得た。

第四章　鼓動する人生

鯨井は毎朝起床して、今日も自由だとおもうと同時に、自由の使途《つかいみち》を、まだ眠気の残ったままベッドの中で考える。

これも結構楽しいが、いつまでもベッドで蒲団《ふとん》にくるまっているわけにはいかない。

今日は、常連たちと渋谷のメシア（飯屋）で昼食を共にする予定になっている。昼食の時間を〝同志〟たちとシェアできるのも、自由の恩恵である。

約束の時間通り、常連たちはメシアに集まった。常連たちとは時間を共にするだけで楽しい。今日の昼食会は、これからなにをすべきか、濃縮された時間をいかに過ごすべきか、の話し合いの場でもある。

時間を持て余しているのではなく、より良い時間を過ごすための相談会である。

「さて、これからなにをしようか」

生き甲斐にはなっても、正義の実現は疲れる。危険も多い。

「環状線でみなさんに出会い、面白い人生を味わわせてもらった。改めて感謝します。そこでおもい至ったことだが、環状線は、同じ路線をくるくる回るだけで、未知の風景はない。ついては、みんなで未知の風景を求める旅に出たいとおもうが、どうだろう」

と鯨井は言って、常連たちの顔を見まわした。一拍置いて北風が口を開いた。

「名案だと思います。旅費がかかるが、未知数はいっぱいですね」

「賛成。旅費は少し高くなるが、年金でその程度の出費は賄える。環状線から一直線か……悪くありませんね」

笛吹が同調した。

「異議なし。賛成」

万葉、忍足、井草も賛成した。

一同の賛意を得た鯨井は、常連の顔をぐるりと見まわして、

「そこで提案がある。ただ、未知数を探し歩くだけではなく、未知数の中に、過ぎ去った青春の想い出を追うというのは、どうだろうか」

と言って、再度、視線を回《めぐ》らした。

「未知数の中に青春の想い出を追うとは、具体的にどういうことですか」

と北風が問うた。他の常連たちも鯨井に視線を集めた。

「学生時代、卒業式の日、社会の八方に分かれてから一度も再会したことのない友がいる。何度かクラス会が催されても、一度も出席せず、消息も不明になっている友がいる。式の後、また明日も会えるような安易な気持ちで、校門でバイバイと日常の言葉を交わして、以後、訃報《ふほう》も聞かぬまま歳月が流れた。

彼らの中には無二の親友や、初恋の少女もいた。彼らが存命であれば、今、どこで、

なにをしているのか、知りたい、会いたい、とおもわないか。

旧友、昔の学友たちの情報網を拡《ひろ》げて、未知数を探す旅に出たいと誘われるようになった。少なくとも環状線内の読書よりも、乗り甲斐のある旅になるだろう」

そう言って、鯨井は改めて常連の顔を見まわした。

「青春再生の素晴らしい旅だとおもいます」

笛吹が言った。

「初恋の女性か。私にはそんな存在はなかったが、片想いということもある」

万葉が言った。

「片想いでも、初恋の相手がいたのではないのかい」

井草が茶化すように言った。

「私の初恋の相手ではないよ。先方が私に片想いをしていたのかもしれない」

「大した自信だね。しかし、遠い青春時代のクラスメイトから初恋の片想いをされて、気がつかなかったとは、かなりの鈍感だね」

忍足に混ぜっ返されて、一同がわっと沸いた。

そして鯨井の提案は一同の賛成を得た。

鯨井以下六人のメンバーは、消息不明の初恋の相手や、無二の親友や、サークルの仲間や、それぞれの青春を共有した消息不明の同学の友を捜すことで、地平線、水平線の彼方《かなた》に憧《あこが》れた若き日の自分探しの旅を補完するような気分になっていた。

常連《メンバー》たちは奮い立った。これは単なる旅ではない。遠い青春に向かって遡行《そこう》する、過去の未知数探しである。

今にしておもえば、「学生時代」ほど、社会に参加する前の不安いっぱいの自由と、無限の未知数（可能性）を追う狩人《ハンター》として、キャンパスで友と、実現していない夢やビジョンを語り合ったことはない。

遠い青春の日、実現性の低いロマンティックな夢を共有した同学の友は、それぞれの人生で、まさに未知数の狩人として走りつづけたにちがいない。

毎日が祭りのように熱っぽく、自分のことしか考えない無責任な「学生時代」こそ、青春であった。

卒業式を終え、校門を出てから社会の八方に分かれた人生であるが、社会参加と同時に、行先不明の列車に乗り、職業という人生を選び、それに伴う使命や責任や義務を背負わされた。

その重さに耐えられず、人生列車を乗り換えたり、あるいは下車したまま生存競争《サバイバルレース》から外れたりし、挫折《ドロップアウト》した者も少なくない。

大過なく人生後編に生き残ったメンバーたちは、ラッキーな現役であったといえよう。

人生後編から、現役を飛び越えて青春期へ遡行する過去の未知数を探す旅は、感傷的《センチメンタル》旅《ジャーニー》であると同時に、それぞれの人生を見直すきっかけになるかもしれない。

人生を見直してどうなるか。過去に悔いなき者が人生を見直しても、それは一種の郷愁であり、優越であるかもしれない。消息不明の友人を捜し当て、彼らが幸福な人生を生きていれば問題ないが、その逆の場合は、不明であった青春の友にとって迷惑ではないだろうか。そんな危惧《きぐ》が胸に兆したが、生に対する私製の正義の実現と同じく、可能な限りの支援をすればよい。

プラスの発想であれば、青春期に遡《さかのぼ》るセンチメンタルジャーニーは、少なくとも環状線の乗客でいるよりは意義がある。

鯨井は改めて一同を説得した。説得するまでもなく、一同の意見はすでに統一されていた。地平線や水平線の彼方へ、とおもうだけでも、絶えて久しい胸の躍動をおぼえた。

旅には、一、旅費、二、体力、三、時間の三条件が必須《ひっす》であるが、さらに旅恋《たびこい》が必要である。

旅恋とは、遠方に飛ばす夢である。だが、年輪と共に旅恋は薄くなっていく。地平線や水平線の彼方、未知の国へ行っても厳しい人生があることを知るようになる。

若き日、遠方へ行けば夢が叶《かな》えられるだろうと自分探しの旅に出る者は多いが、結局、どこへ行っても楽土はないことに気がつく。遠方に夢を飛ばさなくなるのである。

だが、鯨井から青春期への遡行に誘われて、改めて過ぎ去った遠い日の想い出を胸に、未知の遠方へ旅立ちたくなった。眠っていた旅恋が目を醒《さ》ましたような気がした。

まず、どこから始めるか。

鯨井に促されて、五人のメンバーは互いに顔を見合わせた。咄嗟《とっさ》にはだれも答えられない。

「まずは国内に限定して、それぞれの遠い想い出の人の最後の消息を持ち寄ろう」

鯨井の提案に衆議一決した。

そして数日後、メシアに集合したメンバーが、それぞれの忘れ得ぬ想い出の人の最後の情報を持ち寄った。

それぞれの遠い青春の断片が討議されるうち、井草の初恋の人の話になった。

井草の回想によると、よく山に登っていた学生時代、八ヶ岳《やつがたけ》登山中で道に迷った彼女と出会い、誘導しながら下山して、毎年、登山口で合流して八ヶ岳に登ろうと、約束した。

大学卒業後、よんどころない事情があって、登山口に行くことができない年があった。事前に連絡を試みたが、彼女は不在であり、急の取り消しが伝わらなかった。

その後、何度か詫《わ》び状を出したが返事もなく、次の年、約束の登山口に彼女は姿を見せなかった。

彼女の住居を訪ねたところ、すでに転居しており、所在は不明になっていた。

新聞社に入社していた井草は、暇を見ては彼女の行方を捜したが、消息不明のまま、今日に至っているということである。

だが、結婚に際して、彼女からお祝いとして新しいアルバムが送られてきた。別便の封筒に差出人の住所は記入されていなかったが、消印に地名がかすかに読めた。

そのとき速やかに彼女の行方を追えばわかったかもしれないが、あえて住所を記入しなかったのは、彼女もすでに嫁いでいたからかもしれない。

「井草さん、何度も山に二人一緒に登って、まったく手を出さなかったのかい」

笛吹が問うた。

「手を出そうとおもったが、山旅では出しにくくてな。どうせ結婚するんだからと、プラトニックなまま終わってしまった」

「もったいないねえ。山旅であれば、二人だけになる場所はいくらでもあったろうに」

忍足が言った。

「あんたのような人間が、どこで覗《のぞ》いているかわからないよ」

井草が言い返したので、わっと沸いた。

スタンプに押された地名は、八ヶ岳の南アルプスと北アルプスに囲まれた小さな町であった。

「美しい初恋ではないか。近いし、風光明媚《ふうこうめいび》な町でもあるし、それとなく彼女のその後を追うのも悪くないね。彼女が幸せな家庭を築いていればよいが、もしその逆であれば、密《ひそ》かに支援をしてやりたい。

おもい起こしてみれば、我々はいずれも若き日、すれちがった異性に、ひどいことをしている。井草君の初恋の彼女を捜すのは、我々全員の罪滅ぼしになるかもしれない」

鯨井の言葉で決した。

「私にとっては、確かに罪滅ぼしだ。約束を破って登山口で待ちぼうけを食わせてしまったんだからな……」

井草が言った。

まずは、井草の遠い初恋を追跡することに一同の意見が一致した。

数日後、情報が集まった。

新聞記者だけあって、まず井草、つづいて鯨井以下それぞれが集めた情報を突き合わせると、彼女は当時の住居から、山梨県のY市、さらに長野県O町へ移ったという情報が複数一致した。

鯨井が、

「長野県O町といえば、八ヶ岳や南アルプスの登山口であり、私も何度も下車している。風光壮大な高原の町で、こんな所で一生を過ごしたら、寿命が延びるとおもったもんだよ」

と言った。

鯨井の郷里は、埼玉県K市にある。身近にある秩父《ちちぶ》から足を延ばして秩父山地を縦走し、八ヶ岳に辿《たど》りつき、O町に下山したという学生時代の想い出が残る町であった。

その高原の町に、井草の初恋の女性の移転先をようやく発見したのである。わずかなてがかりであったが、北風の官僚時代の部下が、今日、長野県庁に赴任しており、彼の伝《つて》で、井草の遠い昔の彼女の所在が確認されたのである。旧姓宮沢文子《みやざわふみこ》は、結婚して笹本《ささもと》姓となり、O町で一人娘の綾子《あやこ》とひっそり暮らしているという。夫は町役場の公務員であったが、数年前に他界していた。

「O町あたりの秋のよろしさ」

と詩文を口ずさんだ鯨井は、

「大昔の恋人が、そんな美しい町でひっそりと暮らしていたとは……。都会の乱開発の荒波を躱《かわ》して、アルプスや八ヶ岳にやわらかく包まれている幻影のような町に、遠い昔の彼女が隠れるように住んでいるなんて、羨《うらや》ましいね。小さな山なら、彼女と一緒にまだ登れるかもしれない。近くには蓼科《たてしな》や霧ヶ峰《きりがみね》もある」

「我々も、ご相伴にあずかりたいね」

と忍足も羨ましそうに言った。

「それは、野暮というもんだよ。ようやく数十年ぶりに初恋の相手に会えるのだ。二人だけにしておいてやれ」

笛吹が言った。

「少し離れて歩けばよいだろう」

万葉が追いかけるように言った。

「それも悪くないよ。O町あたりの秋のよろしさのひとつに、山麓《さんろく》の樹林帯を分けるようにして歩いていると、突然、落葉雪崩に巻き込まれることがある」

鯨井が言った。

「落葉雪崩とは、なんですか」

万葉が問うた。

「紅葉の林の中を歩いていると、風もないのに樹冠の紅葉が一枚、はらりと落ちて、次の枝の葉に触れ、二倍、四倍と増えて、真っ赤に彩られた落葉の雪崩に巻き込まれる。林間を通りすぎて気がつくと、帽子のつばに落葉がうずたかく積もっている」

「それは凄《すご》い。想像するだけで美しい雪崩だな」

北風が言った。

「私も一度しか経験していない」

落葉雪崩は天候、風力、紅葉の微妙なバランスのもとで発生する。まず樹冠を吹き抜けた風にさらわれて、一枚の葉が樹枝から離れる。

地上までの飛行中、近くの樹葉に触れて、誘いながら同行者を増やし、林全体の樹葉の崩落を誘い、紅の渦を巻く、この世のものならぬ美しい現象を引き起こすのである。

鯨井の説明を聞いただけで、一同は、まだ目にしない落葉雪崩を想像した。

一同は、それぞれの初恋の幻影を見ているような気がした。

「まぼろしではないぞ。私の帽子のつばに落葉がいっぱい溜《た》まっていた」

鯨井が一同の幻想を察知したかのように言った。

そこまで一同はうきうきとしていた。

だが、当の井草が、容易ならない情報をくわえて来た。

彼女には今日、二十三歳の娘がいた。井草の初恋の相手の娘は、彼の青春の偶像に生き写しであった。

その娘が大学を卒業後、地元のホテルに就職したが、ストーカーにつきまとわれているという。

警察に救いを求めたが、「事実上、なんの手も出していない者を、警察は逮捕できない」と言うだけで、何もしてくれない。

なんの手も出していないということであるが、ストーカーからは頻繁に電話がかかってきた。

その電話も、「会いたい」と言うだけで、脅迫しているわけではない。ごく普通の電話の会話である。

「電話の会話から被害者に近づいて行くのは、ストーカーの常套手段《じょうとうしゅだん》だ。電話に出なければ済むはずが、被害者は心理的に出ざるを得ないようなコーナーに追い込まれていく。

警察が動き始めたときは、時すでに遅しというケースが多い。

電話《コール》に応答している限り、犯罪ではなく日常会話とされる。そこがストーカーのつけ目であり、被害者にコールしつづけて、つき合わざるを得ないように追いつめていく。

被害者とて一日中、家の中に閉じこもっているわけにはいかない。外出時、つきまとわれても、話し合っていると言われては、被害者は逃げようとしても逃げられない。二人の間だけの会話で脅迫されても、第三者には聞こえない。親に打ち明けられないように追いつめられる。

また、親に打ち明けても、たいていの場合それほど深刻には考えない。もし親が深刻に受け止めて警察に訴えても、証拠がなければ取り上げてもらえない」

「ならば、どうしたらいいですか」

井草は問うた。

「我々が護《まも》ろう。ストーカーは必ず近いうちに彼女に手を出す。その時を狙って、現行犯として警察に連れて行く。手を出した現場を撮影して、有無を言わせない。

だが、問題は、被害者が脅迫されていて、真実を話さないケースが多いことだ。被害者が『交際中』と言えば、家族や周囲の人間がどんなに訴えても、恋人同士の恋の堰《せき》（邪魔）と見られてしまう。被害者が救いを求めてきたときには手遅れなケースが多い」

「どうせ時間はたっぷりある。青春の山を眺めながら、初恋の人の娘を密かに護ってやろう」

と一同の意見が一致した。

井草は青春の偶像を捜しだしたが、会おうとはしなかった。

内偵をつづけ、彼女笹本綾子の遠張《とおば》り（距離を置いて見張ること）をしている間に、ストーカーが複数いることに気づいた。彼らは三名、いずれも二十代半ばと見た。

早速、三名の身許《みもと》を調べた。リーダー格は町の特産物を販売する事業所に勤めており、他の二人は派遣のアルバイトである。いずれも暴走族出身であり、暴力団とも関わりがあるらしい。

リーダーは滝山弘《たきやまひろし》。中学時代、綾子と同学であった。その当時から二人の間にはつながりがあったのかもしれない。

常連《メンバー》たちが遠張りに入ったころ、滝山一味が、一日の出番を終えて帰宅の途上の彼女を取り囲む場面を目撃した。

彼女が嫌がっているのに、滝山は綾子の手を取り、二人が左右から挟んで、町の飲み屋に連れ込んだ。

その日は飲み屋で酒杯を押しつけただけで解放したが、同じような場面を三度目撃した後、滝山は綾子を町外れにあるラブホテルに連れ込もうとした。

「今日が初めてじゃねえだろう。そろそろ油が切れかけているときだろうよ」

と言って、強引に綾子を引きずり込もうとした。

もし、綾子が滝山の報復を恐れて、一緒に入るつもりだったと証言すれば、現行犯どころか、常連たちは逆に、恋人たちの邪魔をしたことになってしまう。

「大丈夫。現行犯だ」

鯨井が自信のある声でゴーサインを出した。

「なにをしやがる。てめえら、俺がだれか知っているのか」

滝山は、突然介入してきた六人に対して、ぎょっとしたようであるが、強がった。

「あんた、婦女暴行未遂の現行犯だよ。本人が拒否しているのに、無理やりにホテル構内に連れ込んだ。

この間、笹本綾子さんにかけた言葉はすべて録音してある。とても恋仲には聞こえないね。脅迫、拉致《らち》監禁の現行犯でもあるよ。今日が初めてではなさそうだ。一緒に来てもらおうか」

昔取った杵柄《きねづか》で、鯨井のドスのきいた言葉に、滝山は青くなった。子分の二人はとうに姿を消している。

滝山は、その場から強姦《ごうかん》未遂の現行犯として所轄警察署に連行された。

所轄には、現役時代、鯨井が捜査を共にした顔馴染《かおなじ》みのアンタッチャブルの宮下《みやした》刑事がいた。宮下は所轄に赴任したばかりとあって、まさにお誂《あつら》え向きの邂逅《かいこう》であった。

ストーカーを宮下刑事に引き渡して署を出ると、目の前に甲斐駒ヶ岳《かいこまがたけ》が雄大な山容を立ち上げていた。

八ヶ岳の壮大な裾野《すその》は果てしもなく、地平線が空に溶接している。

無限の視野をはみ出すような蒼《あお》い影と見えた南アルプスの雄峰、駒ヶ岳が空を圧するばかりに立ち上がっている。その巨大な山影のスカイラインが、再び空に溶け込むように、裾野の末から新たな広がりとなって位置を占めている。

鯨井はおもわず、幻影のような甲斐駒と向かい合って、かつて空につづく高所に立った自分を連想した。

今の自分には、天に近いあの高所に、自分の足で登る自信はない。手も足も届かない高嶺《たかね》は、今日まで歩いてきた人生を振り返る恰好《かっこう》の位置ではないかとおもった。

だが、振り返るべき人生の高所は、すでに幻影となっている。それほど遠い過去が昨日のようにおもい返されるのは、高所に位置しているからではなかろうか。

「かっこいい山ですね」

「南アルプスの雄峰、甲斐駒だよ」

「登りたくなりますね」

「やめておけ。身の程、いや、足の程を考えろ」

「ヘリで行っても、行ったことは同じですよ」

「ヘリで初恋の人と雲の頂上に行ったなんて話は、聞いたことがないな」

「顧みれば、初恋は美しい雲のようなものだ。美しいものを見ることはできるが、手に触れることはできない」

と北風がヘッセの詩を口ずさんだ。

「手に触れることはできないか……初恋は手に触れないほうがよいのかもしれないな」

万葉がうなずいた。

彼は戦場から戦場へと命を懸けて渡り歩き、「初恋をする暇なんかなかった」と言っていた。

だが、初恋体験のある井草や、その他の常連たちを羨《うらや》ましくおもっているようである。

「確かに、手に触れないほうがいい。見ているだけで十分だよ」

忍足が言った。

「初恋の人の今を確認することは、考えれば残酷かもしれない。美しい想い出は確認しないほうがよい。だが、確認しても手を触れなければ、人生の債務を履行したような気がするな」

鯨井の言葉に、常連たちは納得したようにうなずいた。

生を受けて六十年余の人生。自由を取り返して、遠い昔の美しい想い出に遡行《そこう》する。想い出に幻滅することはあっても、それはそれで人生の確認である。

「ともかく、この壮大な風景を見よ。空気には一粒の塵《ちり》もない。この芳《かぐわ》しい匂いをかげ。落葉松《からまつ》や白樺《しらかば》の木立は、街の中では見られない。排ガスの臭いと凄《すさ》まじい騒音、空や星を見ることも忘れて、忘れることに慣れている。

人間として最も大切なことを忘れているのが、街の暮らしであり、日常だ。

だが、今、味わっている自由は、日常ではない。非日常の自由、これも今日まで生きてきたおかげだよ。都会では滅多に吸えない自然の香りを、体いっぱいに吸っていくことだね」

「排ガスの臭いのない、ここの空気が信じられないぐらいだな」

「我らが街の排ガスの臭いが、もう懐かしくなっているんじゃないのか」

「美しくないものも見ることはできる。街の光化学スモッグなどは、ヘッセの言葉を借りれば、美しくないものにも手を触れることはできない……」

「だから……美しいものを見ることができる。空に近い広がりの空間に来ると、人生の重荷をおろしたような気がするのだろう。なんの束縛も受けない自由の時間と空間。我々は、厚ぼったい日めくりを、自由と共に何冊も与えられた、人生の最も幸福なときにいるのではないかな」

忍足の言葉に、一同はうなずいた。

齢《よわい》六十代に入り、それぞれの人生を顧みると、今が最も幸福にちがいない。

第一期、親がかりのときは、両親や周辺から期待をかけられて重い。

自分の未来でありながら、両親やその周囲が勝手に期待をかける。

子供が背負った将来の未知数（可能性）を、親は我がもののように勝手に想像して、自分たちが果たせなかった夢の実現を、子供たちに託す。親のおもうようにいかないと、失望する。

そして親の傘の下から巣立ち、社会に参加すると、使命と責任と義務を否応《いやおう》なく背負わされ、所属した社会の一部、あるいは破片に対して忠誠を誓わなければならない。

社会に参加した現役時代は、自分であって自分ではない。巣作りをした家族を扶養し、所属した組織や集団の部品に組み込まれる。

そして、ようやくリタイアして、自由の大海に放免された。

まだ現役の尻尾《しっぽ》と余力が残り、それ相応の蓄積もあり、扶養すべき家族は巣立っている。

まさに自分のためだけの人生が自分を取り巻いている。

人生今や八十年、自由な時間をたっぷりとあたえられている。そして、その時間を生き生きと味わえる健康も維持している。

遠い初恋にタイムスリップして、昨日のことのように青春を再現し、今日、空と蒼い地平線が溶融した自由の中に生きている。

時間を持て余して環状線を循環していた常連が、退屈から一転、鼓動する人生に乗り換えている。

第五章　多彩な誘導

常連たちは満足して帰京して来た。

ヘッセの詩の世界から、大都会の人間の坩堝《るつぼ》の中に舞い戻ったのである。

空気を汚す排ガス、路面を埋め尽くす車の洪水、険しい顔ですれちがう人の流れ、絶え間ない騒音、山と高原の蒼い地平線と比べて、巨大な墓石が林立するような超高層ビルを包む光化学スモッグ、濁った空。黄昏《たそがれ》が降り積もれば、人工の電飾が満天の星を消す。爛《ただ》れたような夜景、二十四時間切れ目のない生存競争《サバイバルレース》がつづく人工の密林……。

わずかな時間の東京不在であったが、ヘッセのポエティックな世界から、サバイバルのためだけにそこにあるような、人間の密林に帰って来た一同は、

「これが我が街だ」

と、妙に日常に帰ったという安息をおぼえた。

天に近い塵一粒も浮いていないような清浄な空間から帰還し、この汚れきった、騒音の絶えない、険悪な顔をした人間ばかりが犇《ひしめ》いている街角に立って、むしろ安らぎを感じたのである。

圧倒的な自然の、一人当たりの制限がないような空間から、敵性の人間に埋め尽くされている、一瞬の油断も許されないような都会に戻り、日常に復帰したような安堵《あんど》感が

あった。

　大都会のサバイバルレースを日常とする人間にとって、むしろ危険が充満するほうが安堵するとは奇妙な倒錯である。いや、倒錯ではなく、これが都会の住人にとっての本来なのであろう。

　帰京した常連たちは、また環状線内で集合し、渋谷の隠れ家で食事を共にしながら楽しい時間を共有した。

　常連たちのもっぱらの話題は、

「次はどこへ行こうか」

であった。

　常連たちの会合に参加していた柚木雅子が、面白そうな情報をくわえて来た。

「事務所が引き受けた案件ではありませんが、最近、老人たちの山行《やまゆき》が流行《はや》っています。百名山ブームが下火になってから、新たに登場してきた老人グループの山旅です」

「それがなにかおかしいことでもあるのかね」

　鯨井が問うた。

　柚木は、金満老人グループが、若く美しい女性ガイドに案内されて、無事に山旅を終えて解散した後、参加した旅中で女性ガイドと特に親しくなった金満老人が、必ず財産の大部分を失って、心身、経済力共に、吸血鬼に吸い取られたかのように痩《や》せ細っているという情報を伝えた。

しかも山旅の後、急激に衰えた老人はほかにもいるらしい。だが、痩せた老人たちの間から苦情《クレーム》は出ていないという。

「ただ、山旅を終えてから、その老人はミイラのように変化したそうです」

「ミイラのように……」

「甘言をもって金満老人からおいしいところを吸い取ってしまったのでしょう」

「山旅などに誘う前に、温泉にでも連れだしたほうが、お互いに楽で、手っ取り早いのではないのかな」

鯨井が問うた。

「若い女と金満老人のカップルは目立ちますよ」

鯨井は、老人向けの山旅参加を募集した女性ガイドが、旅中、最も金満と目をつけた老人と親しくなり、旅の後、老人から吸い取ったとおもった。

苦情が出ていないのは、狙われた老人が騙《だま》されたとおもっていないからであろう。

「若い女性ガイドの好餌《こうじ》にされた老人たちに共通項はありませんか」

鯨井が問うた。

「それを今、調べています」

「共通項が分明したら、その女性ガイドと共に山旅に参加するつもりではありませんか」

井草が常連を代表するように言った。

すでに常連たちは、美しくも怪しげな女性ガイドに案内される山旅に心が弾んでいる。彼らにとって危険性の高い山旅は、環状線の延長にすぎないのである。

山旅に応募した老人たちは圧倒的に男性が多く、そのほとんどが配偶者を失っている。参加者の平均年齢は六十代半ばから七十前後、まだ山へ登る体力は残している。共通項といえば、現役時代、一流会社の上層部に昇り詰め、相応の退職金と老後に備えた蓄えを持っている点である。若い女性が狙うには恰好《かっこう》の的となる。

老人を獲物とした女性ガイドは、一人ではなく数人いるらしい。女性ガイドを伴う山旅の主催者は、名の売れたホテルと、ビル管理会社が合弁で経営している旅行会社であり、ガイドは山岳サービス会社から派遣されている。派遣ガイドの身許《みもと》については不明である。

鯨井は、派遣ガイドの背後に、怪しげな気配を感じていた。

山岳ガイドは簡単になれるものではない。日本山岳ガイド協会の職能別資格検定試験を受けて、資格を取得しなければならない。

ガイドにも夏山の一般コースのガイド、四季を問わぬ日本の山を案内するガイド、ロッククライミングやアイスクライミング、また世界の山を担当する国際ガイドなどがあるが、その女性ガイドは、おそらく夏山のガイドであろう。

梅を先兵にして、沈丁花《じんちょうげ》の高雅な香りが平穏な街角に通行人の足をふと止まらせ、桜前線の北上に伴い、日本列島を花吹雪で埋めると共に、桃、木蓮《もくれん》、ハナミズキなど季節の花が折り目正しく順序を守りながら開花する。夏に備えて、たっぷりと水分を補給する梅雨に濡《ぬ》れた紫陽花《あじさい》が咲く前に、日本全国を新緑が彩る。

長かった冬将軍の圧政の代償のように、待ちわびた春から初夏、夏の開幕まで、潑剌《はつらつ》たる季節の階段を上る花の順序は見事に完成されており、一年の循環の中で老若男女の別なくその恩恵にあずかり、新しく躍然たる人生をあたえられたかのように、年輪を重ねた者ほど若返る。

まだ梅雨前線が足踏みしており、窓は青く染まっている晩春と初夏の境界にうずくまっているとき、柚木雅子が興味深い続報をくわえて来た。

「吸血鬼に吸い取られたご老体たちの共通項がわかりました」

柚木の言葉に、常連たちは緊張した。

「ガイドに吸い取られたご老体たちは、かつて薬師岳《やくしだけ》で共に遭難しています。百名山ブームの最中、夏山でピークを稼いだ後、安易に、今度は冬山をやろうと、快適な夏山に調子づいて、アルプス三登りの一つとされている薬師岳に悪天候をおして登り、下山中、道に迷ったのです。動けなくなった一人を置き去りにして、四人が救助隊に救われています」

「つまり、置き去りにされた老体と女性ガイドに、なんらかのつながりがあるということかな」

鯨井の問いに、柚木はうなずき、

「ガイドの一人は山中に置き去りにされ亡くなった老体の娘です。生き残った老体の後日の山旅をガイドしています」

父親を山中に置き去りにされた娘の報復という構図が見えてきた。

山旅後、吸い取られた老人たちは、ガイドが、山中置き去りにした仲間の娘であることを知らなかったのであろう。

常連たちは、百名山ブームがたけなわな頃、老人グループが北アルプスの名峰、薬師岳で遭難し、一人が死んだというニュースをおもいだした。

だが、真相は、動けなくなった仲間を吹雪の山中に置き去りにしたのである。

「これは単なる吸血鬼じゃありませんね」

「だが、復讐《ふくしゅう》ということになると、三人の老体から吸い取ったガイドが、同一人物でないのはなぜか……」

万葉が言った。

「親を山中に置き去りにされたガイドの子分かもしれない」

「これが報復であれば、仇《かたき》は、あと一人残されているな」

「おそらく、最後の一人を狙った山旅募集があるとおもう。我々もその山旅に参加したい。情報を見張っていてくれないか」

「そのつもりで、お伝えしました」

さすが著名な法律事務所の敏腕弁護士だけあって、柚木雅子は網を張りめぐらしてある。

残る一人の老人が必ず応募するようなプランが提案されるにちがいない。常連たちは、その老人の参加と同時に応募するつもりでいる。彼らにとって、こんなプランほど、わくわくするものはない。

登山の訓練をしていない常連たちにとっては、冬山は厳しいが、季節の階段に伴う報復プランは、夏山にちがいない。

冬山では待ち時間が長すぎる上に、「最後の一人」が応募しない確率が高い。

常連が予測した通り、間もなく旅行会社から提案されたガイド付き夏山の旅は、北アルプス白馬岳《しろうまだけ》から後立山《うしろたてやま》連峰の縦走、二泊三日の「夢の縦走路」。人数はガイドを含めて二十名であった。

「白馬から後立山の縦走か。豪勢だね」

常連たちは沸き立った。

三千メートルの夏山は、日本列島の太平洋高気圧に守られて、安定した天候の下、百《ひゃっ》花繚乱《かりょうらん》の高山植物で山肌を飾り、連日、祭典のように登山者を迎え入れて、その恩恵を惜しまずにあたえる。

山地や、高原、里山等の自然ガイドは、可能性の限界を追い求める初登攀《とうはん》や、ピーク登攀のアクロバティックなガイドはできない。

花の隊列が相次ぎ、梅雨に濡れた紫陽花がその本領を発揮する頃、「北アルプス夢の縦走路への誘《いざな》い」、先着順、ガイドを除いて十九名以内の募集が始められた。待ちかねていたように、鯨井以下常連たち六名が応募した。彼らは、最後の一人の老人の参加の有無に関わりなく、「夢の縦走路」への参加を、若き日のように、はしゃいでいた。

「前から白馬には登りたいとおもっていた」

「たしか、我々が学生時代に、アルプス表銀座をはじめ裏銀座、ダイヤモンドコース、夢の縦走路などと命名されていたな」

「今はアルプス銀座だけが、かろうじて残っているが、あとの呼称は消えちまっている」

常連の意見はその場で一致した。

最後の老人、重森正太郎《しげもりしょうたろう》の参加はすでに確認している。

旅行会社に参加費用を支払い、登山の準備や基礎知識、注意事項、コースの地図や風景などの載ったパンフレットが送られてきた。

「夢の縦走路」と謳《うた》うだけあって、白馬を中心とする登山コースには夏でなければ見られない山の最も美しい姿態があり、高山植物がそれぞれの本領を発揮して彩る。

山肌にこびりついた残雪が雪形となって、さまざまな連想を誘う。パンフレットを見ただけで旅心をそそられる。

山旅参加者を獲物とするガイドを捕らえる本来の目的を忘れ、常連たちは、初めて登る後立山連峰の盟主白馬に心を躍らせていた。

人生後編に持て余していた自由の新しい使い方に、彼らは張り切っている。私製正義の実現が、こんなにダイナミックに、ロマンティックに、追求できようとはおもってもいなかった。

「あまりはしゃぎすぎて、登山前に体調を崩さぬように」

と鯨井に諭されても、常連たちは遠足前の児童のように、はしゃいでいた。今の彼らにとっては、私製正義の実現は口実にすぎず、白馬登山そのものが第一目的になっているようである。

鯨井も、あえてそれを否定しようとはしない。それも生き甲斐《がい》の重要なエネルギー源であった。

夏山とはいえ、三千メートル級の日本アルプスの雄峰である。常連たちは、だれが提議するでもなく、神宮外苑《じんぐうがいえん》に早朝集合し、朝靄《あさもや》の中をジョギングに励むようになった。いつの間にか柚木雅子もジョギングに加わった。白馬岳山旅に最後に応募をしていたのである。

出発当日、参加者は新宿駅で結団式を行い、特急「あずさ」に乗車して、午後、山麓《さんろく》のホテルに到着した。

ガイド以外はほとんど年配者であり、体力まかせの山旅はしない。

若者のように最終便の夜行列車で新宿を発《た》ち、早朝から白馬登山を始めるような体力勝負の登山ではない。

一行はガイドの福澤民子《ふくざわたみこ》に案内されて、ホテルを朝発ち、白馬登山路の末端にある大雪渓の白馬尻《しろうまじり》に立った。

蒼《あお》すぎて暗い空は、太平洋高気圧に守られて安定している。

夜行列車で到着した登山客は、すでに雪渓にとりついており、長い行列をつくっている。

夏山は開幕しているが、雪渓の雪は引き締まり、スリップしやすい。

初めて足に取り付けたアイゼンで、一歩ずつ残雪を踏みしめながら歩いて行く間に、太陽の位置は高くなり、蒸発する雪が霧の団塊となって、先行する登山者の列を包む。

重森以外の参加者全員、北アルプス登山は初めてらしい。

周囲の展望は霧のカーテンに阻まれているが、先行、後続の登山集団の気配がする。霧の団塊が通過する都度、稜線《りょうせん》が近づいてくる。

濃厚な霧の集塊に包まれると、前後左右、視野を閉ざされ、進むべき方向が不明になるが、先行の気配に案内される形で不安はない。

だが、油断は禁物で、霧に巻かれて迷い、クレバスの罠《わな》に嵌《は》まり、突然、落石に狙撃される危険が潜んでいる。

登山者は一列縦隊となって、雪渓に刻まれた登山道《トレース》を登りつづける。大雪渓、約一時間半。前後して通過する霧の集塊を抜け、ようやく大雪渓の終点、葱平《ねぶかっぴら》に到達した。

雪渓を振り返ると、脆《もろ》そうな岩石が積み重なり、傾斜の激しい山腹の方角から岩屑《がんせつ》が崩落する音が聞こえてくる。

雪渓に刻まれた登山路は安定しており、ガレ場に多くの荒れた道が絡み合っているが、結局は同じ目的地の小雪渓につながる。

霧が晴れた大雪渓に、蟻の行列のように登山者の列がつづいている。

ガイドの歩調が安定していたせいか、老人主体の一行は快調に進んだ。小休止の間隔も見事であり、一行の歩調に乱れはない。

取りかかった小雪渓は、右手に短い横断《トラバース》をするだけであるが、傾斜がきつく、末端に岩石が牙《きば》を剝《む》いているので緊張する。

小雪渓を通過すると、百花繚乱たるお花畑が登山者を出迎える。

声にならない嘆声が一行から発せられた。すでに山頂は目前にあり、手を伸ばせば迫るようなスカイラインの彼方《かなた》に、暗いほど濃い青空が覗《のぞ》いている。

残雪が化粧のように山肌を彩り、蒼すぎて暗いスカイラインの上空と鋭いコントラストをなしている。

ようやく稜線に達した登山者たちは、まだ見えない登山路が、天に向かって延びているような錯覚をおぼえた。暗い空が赤く染まり、残雪に反映する。

お花畑を棲《す》み家とする昆虫が、その羽音をおさめるのも、トワイライトの交代時間に合わせているのかもしれない。

日本初の山小屋として明治末期に建設された白馬《はくば》山荘は、すぐ目の前にあった。山上に連なる神々の座を想定してきた登山者は、下界のホテルに優《まさ》るとも劣らぬ山岳ホテルに驚かされた。

山荘に新館三棟が加わり、特別室のツインルームもあるという。

地上の宿泊施設と異なり、山小屋はどんなに混雑しても宿泊を断われない。

かつてハイシーズンには、一人一人が横になることはできず、一夜、座眠を強いられたり、屋内から溢《あふ》れだした登山客は、小屋の外に急遽《きゅうきょ》敷かれたシーツの上で一夜を明かした。それでも宿泊料は取られた。

今、目の前にある山荘は、小屋ではなく、登山客のプライバシーと安息を保障する個室が主体となっている。

下界から大雪渓を、蟻のように列をつくって登って来た登山客は、山荘に到着と同時にチェックイン手続きをして、部屋を割り当てられる。

館内にはモダンな食堂や喫茶室が設けられ、不時の病人や怪我人などに備えて診療所もある。

山荘に到着した登山者たちの中には到着手続きをした後、荷物を預けて山頂まで往復する者も多い。

鯨井の一行も荷物を山荘におろして、山頂まで往復することにした。

山荘に併設されている天気相談所に相談するまでもなく、安定した天候の下、信州《しんしゅう》側東面は巨大な鉞《まさかり》で切り落とされたように険しくそそり立ち、西面は緩やかな斜面が黒部《くろべ》峡谷へ向かってゆったりと延びている。

山頂に立って花崗岩《かこうがん》の方位盤に従って富山側を見れば、黒部峡谷を挟んで剱《つるぎ》・立山連峰が並び立っている。

壮大な光景が西の方からゆっくりと呼び寄せる暮色は、まず黒部峡谷の底の方から薄い墨を沈澱《ちんでん》させるように埋めながら、山脈が背負う空を流れる白い雲を茜《あかね》色に染めていく。

山頂に集まった登山者たちは声もなく、壮大な光と影の交代に見惚《みと》れている。

日中激しく流動していた雲は茜色に染まりながら、峡谷の底へ静かに沈んでいく。

山が呼び寄せたかのような暮色は、峡谷の底に濃度を増していく夕闇と反比例して、空の茜色をさらに濃い深紅に変えていく。

一瞬の間も定着することなく色彩は乱舞しながら、山体からスカイラインへ、そして西から東の空へかけてゆるやかに移動していく。

おかげで、山頂に集まった登山者たちは、慌てることなく、山荘へゆっくりと帰って行ける。

アルプスが初めての参加者たちは興奮していた。これまで内外のツアーに参加したことはあるが、北アルプスの登山ツアーは初めての経験である。

物見遊山のつもりで参加した一行であるが、大地の突起にすぎないと軽く見ていたアルプスの一部が、これほど壮大で、感動的で、神々の座に相応《ふさわ》しい空に近い圧倒的な地勢を人間に許すとはおもっていなかった。

シーズン以外は、下界と高嶺《たかね》の間に境界線が引かれたかのように、山はあらゆる危険で武装して人間を拒む。シーズン中に山があたえる恩恵は極めて寛大であり、それは短い期間に凝集されている。

高嶺の山とあきらめていた人間たちは、天に聳《そび》える高嶺の許容に甘えて、祭りに参加するように集まって来る。

短い期間に提供された高嶺の恩恵は、まさに山の祭典であった。

山脈の空を彩る夕映えは、次第に深い峡谷から溢れ出してくる暮色に包み込まれて、満天に鏤《ちりば》められた無数の星が、それぞれの存在を主張し始めたとき、登山者は山荘に帰っている。

翌朝、登山客は、頂上で御来光（日の出）を見るために早起きをする。

昨日の光と影の交代が逆転して、山が隠した闇を光が駆逐する。山が呼び寄せたような暮色と色彩が乱舞するトワイライトとはまた異なる。

曙光《しょこう》が雲海を突き破れば、すでに山肌は赤く染まり、雲海が激しく動き始めている。

新年の御来光は見たことがあるが、シーズンのみに許容された神々の座から望む御来光とは感動の種類がちがう。

雲海を突き破って黒い山体を染め、それぞれの伝説を抱えた星の陣が光の矢に射られて消えていく。そのときはすでに御来光を拝んだ登山者たちは縦走路を歩き始めている。刻々と光度を強めながら昇ってくる太陽の位置によって、山体と空は一瞬の停止もない多彩な表情を見せながら、安定した一日を約束するように、登山者をそれぞれの方位に誘導していく。

夏山の祭典が御来光と共に、すでに始まっている。

鯨井一行が参加した登山パーティの今日の予定は、隣峰唐松岳《からまつだけ》を経て、唐松岳頂上《からまつだけちょうじょう》山荘までである。途上、天狗《てんぐ》の大下りと称《よ》ばれる痩《や》せた岩稜の難所がある。だが、最難所は二十メートルほどで、針金や鎖が取り付けてあり、一歩一歩慎重に進めば危険はない。

初めての者は緊張するが、一般コースであり、ガイドにエスコートもされる。

むしろ福澤民子が案内《ガイド》に緊張している。

福澤が重森正太郎に報復を加えるとすれば、天狗の大下りではあるまい。もっとやさしい場所で〝行動〟するであろう。

重森はこの山旅が気に入ったらしく、上機嫌である。あとの十八名の参加者たちも、二日目に至って和気《わき》藹々《あいあい》としている。

福澤民子の案内は極めて丁寧であり、全員に目配りして歩調を整えている。

要所要所で、山容が変わる北アルプスの名峰を説明しながら、心身共に疲労しないように全員の呼吸を揃えて、巧みに案内をつづけている。さすがプロの案内人《ガイド》、と鯨井は内心感心していた。

だが、そのプロの案内の中に、報復の針を隠しているのかもしれない。

十九名の一行が一糸乱れぬような案内の手際に、なにか不自然なものを鯨井は感じ取っていた。

それは刑事現役時代の感覚であり、一見、精密機械のように完璧《かんぺき》な構造が、ネジ一本外れただけで全身の動きを止めてしまうことのほうが自然に見えた。

完全犯罪は本来犯罪の存在自体が隠蔽《いんぺい》されているにもかかわらず、その完全性が不自然に見える。

真に完全であれば刑事の五感に触れない。つくられた完全性に、鯨井の現役時代の五感が蠢《うごめ》き始めているようであった。

(気のせいかもしれぬ)

と首を横に振った鯨井は、少し乱れた歩調をツアーグループに合わせた。

雲表の壮大な展望を恣《ほしいまま》にしながら、物見遊山的な散策を楽しんでいた一行は、最難所、天狗の大下りに差しかかり、一変した急傾斜の、いかにも凶悪な空間が待ち構えていたように、あんぐりと口を開いている前で、立ちすくんでしまった。

ギアを切り替えるように、全身を引き締めて、一歩ずつ慎重に下った。

人間が歩む道とは程遠い山道は、通過してみるとそれほどでもないが、次の難所が待ち構えている。

いよいよ取り付いた最難所は、二十メートルであるが、鎖や針金があり、慎重に進めば危険はない。

最低鞍部《あんぶ》を乗り越えた一行は、偃松《はいまつ》が迎える緩やかな縦走路へ出た。ほっと安堵《あんど》の息をついた一行を霧の集塊が包んだ。濃い霧が峡谷の底の方から湧き出してきたのだ。

霧の集塊は一行にまといついたかのように濃厚となり、すでに視野に入っているはずの唐松岳の頂上が隠れている。

山道の標《しるべ》となるケルンも、濃い霧の幕《カーテン》の背後に隠されている。

「皆さん、山道から外れないように。

霧は皆さんを歓迎するミステリアスな舞台《ステージ》の幕です。間もなく唐松岳頂上です。唐松山荘が左手下方に見えるでしょう。見えないときは、その所在を示す鐘が鳴ります。もう少しで山頂です。慌てずに前の人の背中を視野に入れて足を進めてください」

ガイドの福澤民子が慣れた口調で言った。

偃松の中を分けて明確につづいている縦走路は唐松岳の頂上から左手に折れるが、霧に包まれて道を誤り、そのまま直進して峡谷の方へ下りて行ってしまう登山者もいる。そんなことのないように、霧の濃いときは唐松山荘から合図の鐘を鳴らしてくれるのである。

いささか心細くなっていた一行はガイドの言葉に励まされて、ミステリアスな霧の中に歩調を取り戻した。

ようやく偃松帯を抜けて唐松岳頂上に到着したとき、霧の帳《とばり》の彼方《かなた》から、山荘の鐘の音が、一行を歓迎するように聞こえてきた。どんなに霧が濃くとも、一行はすでに山荘の庭先にいるようなものであった。

一行は、ほっとして、山荘へ導く道を下り始めた。ここまで来れば、どんな濃厚な霧の集塊に包まれても、迷うことはない。

前を行く人の背中が見えなくなっても、鐘の音と、しっかりした山道が導いてくれる。緊張が緩み、早くも山荘の歓迎と、空虚になった胃の腑《ふ》を満たしてくれる食堂の夕食が瞼《まぶた》に浮かんでいる。そのとき一行の最後尾を歩いていた笛吹が、

「重森さんの姿が見えない」

と言いだした。

「後ろの方にいるんだろう。見てこよう」

笛吹は回れ右をした。

「俺も行ってみる」

万葉が笛吹の後を追った。

「少し遅れただけでしょう。山荘はすぐそこです。ここで待ちましょう」

ガイドの福澤民子が落ち着いた声で言った。

鐘の音はつづいている。濃霧ではあるが、山荘まであとわずか、鐘の音は重森正太郎の耳にも入っているはずであるから、迷うわけがない。一行はさして気にしなかった。だが、重森を霧の奥へ捜しに引き返した笛吹と万葉は、重森に接触する前に、後続の登山グループと出会った。

驚いた二人は、グループに、

「途中、単独の登山者に出会いませんでしたか」

と問うた。グループは首を横に振って、

「追い越した人はいませんでしたよ」

と答えた。

万葉が登山中に撮影した重森の写真を見せても、グループは、

「写真の人には会っていません。別のルートを通ったのではありませんか」

とやはり首を横に振りながら答えた。後続のグループが嘘をつく必要はない。

福澤ガイドに主導された一行は、不帰《かえらず》ノ嶮《けん》と呼ばれる最難所を越えるまで重森がいたことをおぼえている。

不帰ノ嶮を越えて、まずはほっと一息ついた頃、越中《えっちゅう》側に通じている道が濃霧に巻かれて、重森の直前にいた笛吹が気がついたとき、すでに重森は消えていたのである。

「たぶん、途中で道を祖父谷《じじだに》側へ踏みちがえたのだとおもいます。皆さんは唐松山荘へ行ってください。私は重森さんを連れ戻しに行きます。今からなら追いつけます」

福澤はてきぱきと一行を主導した。

「私も同行します」

鯨井が申し出た。忍足以下常連たちが従った。

「そんなに大勢で行くことはありません。鯨井さん以下四人が同行してくだされば十分です。あとの皆さんは山荘に先行して待っていてください。ご心配なく。間もなく重森さんをお連れします」

と福澤ガイドは言った。鯨井以下の常連たちが頼もしく見えたのであろう。

さすが熟練したガイドだけあって、重森が迷った方位に見当がついているようである。

不帰ノ嶮を越えてからの唐松岳に近い主稜線《りょうせん》は、峡谷側へ踏み迷いやすい。それを防ぐために唐松山荘が鐘を鳴らすのであるが、すでに重森は濃霧の中で迷子になっていたようである。

「迷ったとすれば、この辺りです」

福澤は自信のある足どりで、主稜線から峡谷側に下る。

「この付近にいるにちがいありません。声を合わせてください」

福澤は、同行した四人に声をかけ、

「重森さん、その場から動かないでください。間もなく霧は晴れます。唐松山荘はすぐ先です。今お迎えに行きます」

福澤は谷の方角へ向けて声をあげた。四人も言われた通り声《コール》を合わせた。

北アルプス北部に黒部峡谷を挟んで並立する立山と後立山、南部・穂高《ほたか》を盟主とする槍ヶ岳《やりがたけ》に接続する長大な山脈の中に迷い子となった一人の登山者の救出に、捜索隊は自信をもっていた。

垂直の岩壁から墜落したり、厳冬期、風雪の中に閉じ込められたり、悪天候の中、心身共に消耗した遭難者とは異なり、濃霧の中に迷ってから速やかに開始された捜索である。

だが、もしいなくなった登山者が迷ったのではなく意識的に山道を踏み外していれば、状況は異なってくる。

鯨井は不吉な予感がしていた。

グループとなって縦走中、一人だけ道に迷うのは不自然である。

重森は特に足が弱いわけではない。白馬大雪渓を登るときなど、率先して先頭を歩いていた。

濃霧に包まれたとはいえ、前を行くグループの姿が見えなくなるほどではない。仮に見えなくなったとしても、ガイドの声やグループの会話が聞こえてくる。

疲れて足を休めていれば、後続のグループと接触する。

その前に、先行するメンバーに、なぜ声をかけなかったのか。しかも重森が迷い込んだ方角は、唐松山荘側ならまだしも、鐘の音とは反対の方角になっている。意識的でなければ、重森が迷うはずはない。

彼が故意に正規の縦走路を踏み外したのは、なにか理由があっての上にちがいない。

(まさか……自殺。しかしなんのために自殺するのか……?)

鯨井の心は不安に揺れていた。

濃霧の中、故意に道を踏み外し、薬でも飲めば、救援の手が間に合わないかもしれない。

鯨井は、おもいついて持参していた呼び子を吹いた。捜索開始からさしたる時間が経過していないので、霧の壁が視野を阻んでいたが、呼び子は重森の耳に届いたにちがいない。

呼び子の後、捜索隊は声を合わせて重森を呼んだ。

霧が薄れかけてきた。緩やかに祖父谷へ下りる細い道がつづいている。

正規の山道ではなく、地元の人間や、道に迷った者が歩いている間に、踏み跡が糸のように繋《つな》がったのであろう。

間もなく霧は完全に晴れて、視野が開けた。黒部峡谷を挟んで剱岳から立山、薬師岳等を経て、南へ延びる連峰が立ち上がっている。

見晴らしがよくなったとき、福澤が指差した。偃松帯の緩やかな傾斜の先に、動くものを見つけたようである。明らかに山の動物ではない。

福澤と同時に万葉の敏感な目が捉《とら》えた。

「重森さんではないか。その場から動かずに待っていなさい」

逸早《いちはや》く笛吹が声を掛けた。

偃松帯の一角は動かなくなった。

案の定、偃松の下に重森がいた。もはや隠れようとするそぶりもなく、ほっとしたような表情を見せている。

「もう大丈夫です。霧も晴れました。山荘はすぐそこです」

福澤が慰めるように言った。すでに鐘の音は絶えている。

「急に腹がへったな」

忍足が言って、一同はどっと沸いた。

まだ太陽の位置に余裕はあるが、向かい合う山影が、遠方から黄昏《たそがれ》を呼んでいるようである。

一行は重森を囲むようにして縦走路へ引き返した。

立山と黒部峡谷を挟む後立山が、最も美しい山容を見せるトワイライトに近づきつつある。頭上を流れる白雲が静かに色づいている。

人生の貴重な一日が充実して、穏やかな時間と空間を醸成している。空に近いような錯覚を持つほどのこの光景は、自分の足で山に登った者でなければ味わえない。

間もなく空は夕映えに染まり、深い谷間を神々が墨汁のような闇で埋める。残照と落日による染色が、すべての空間を濃密な蜜《みつ》のように彩りながら、グラデーションとなっていく。

今日という一期一会（繰り返しのきかない）の充実の中に、窓から灯火《ともしび》の光が零《こぼ》れ落ち始めた山荘を前にして、この壮大な充実感と千変万化する雲表の夕映えに、いつまでも浸っていたいような気がする。

赤々と染められていた山肌が蒼《あお》い影となって、空の奥には無数の星がそれぞれの陣形を競っている。

西の夕映えがいつの間にか東へ移り、林立する積雲の頭を薄く染めている。未練を残す夕映えと逆に、それぞれの星がその存在を主張するように輝きだしていた。

屋外に未練を残しながら登山客は山荘に集まって来た。下界のレストランと変わらない食堂で夕食が始まっている。

以前は、山小屋の食堂といえば、肉無しカレーライスが相場であったのが、注文《オーダー》によってフルコースの洋食もサーブされる。

食後は、喫茶店で珈琲《コーヒー》を囲みながら、それぞれの山歴の話に没頭できる。山では早着・早発《はやだ》ちが原則であるが、つい山談（山の話）に時の経つのも忘れてしまうことがある。

この日の夕食後も、ガイドの福澤民子に誘われたわけでもないのに、一行は喫茶店に集まった。

北アルプスで最も人気のある白馬岳の頂上を踏み、縦走路中最大の難関である不帰ノ嶮を共に越えて来た一行は、十年来の友人のように親しくなっていた。

途上、霧に巻かれて迷子になった重森にはその話を避けている。香り高い珈琲を囲み、やがて、沈黙していた重森が口を開いた。

「皆さんには、ご迷惑をかけました」

と重森は一同の前で謝った。

「べつに迷惑などとはおもっていませんよ。おかげさまで、峡谷側の壮大な風景をたっぷりとエンジョイしましたよ」

鯨井は、重森の緊張を解くように応じた。

「そうおっしゃっていただくと気持ちは軽くなりますが、実は私、死に場所を探して故意に縦走路から外れたのです。しかし、皆さんに救われて、死に場所より、これから生きる場所を探そうと決意しました」

重森が謝意を込めて、一行の前に頭を下げた。

重森の言葉に、一行は、しばし返す言葉を失った。

「実は私、七年前の冬に、百名山ブームの最中だった当時、夏山が登れたのだから、冬山も登れるだろうと安易な考えで、ガイドも雇わず、山仲間と一緒に冬の薬師岳に登ったのです。下山中、悪天候に巻き込まれ、道に迷い、動けなくなった仲間一人を山中に置き去りにしたまま、救助隊に救われました。救助隊が仲間の位置に駆けつけたときは、すでに手遅れでした。置き去りにした仲間は、下山途上、何度も引き返すべきだと主張したのですが、我々は耳を貸さず、結果、下りつづけて動けなくなり、救助隊にＳＯＳ

を発信して、我々が先に救助されました。

初めから彼が言った通り引き返していれば、彼は死なずにすんだのです。彼を殺したのは私です。それが私の生涯の重荷となり、死に場所を探すために、このツアーに参加しました。

そして足が引きつって動けなくなったとき鯨井さんの声を聞いたのです。その声は、私が置き去りにした友人のものとそっくりでした。彼が私に、『自分一人が死んだだけで十分。お前は生きるんだ。生きろ、生きろ』と声をかけているように聞こえました。

彼が遭難した薬師岳がそのとき夕映えに染まり、山体が輝いて見えました。鯨井さんの声を彼の声と聞きちがえ、背負っていた重荷が急に軽くなったように感じました。今さら私が死に場所を探しても、彼は生き返ってこない。彼が、自分の分まで生きる責任があるぞ、と呼びかけているようでした。

手前勝手な解釈ですが、彼の声を本当に聞いたとおもいました。これからは自分のために生きるのではない。彼のために生きなければならないと、山荘から聞こえてきた鐘を、彼が叩《たた》いていると信じてしまったのです」

重森の目から涙の雫《しずく》が頰を伝い、ぽたぽたと床に落ちた。

「重森さん、もう気になさらないでください。あなたの責任ではありません。山が悪いのですよ。シーズンには寛大に開放するくせに、冬になると氷雪をまとい、人間を寄せつけないようにします。そんな時期に、夏山の魅力を忘れられず、その延長として山に入り、山の獲物にされてしまったのです。山は神々の御座《みくら》とされる天空に聳《そび》え立ち、下界に住む人間を誘惑します。山は下界に常住する人間にとって、こよなく魅力的であると同時に、残酷です。魅力と残酷さで人間を弄《もてあそ》びながら、天近くにある神々の座を人間に開放して、罠《わな》を仕掛けるのです。重森さんが友人を置き去りにしたのではなく、山が罠を仕掛けたのですよ。本来は人間が立ち入るべきではない聖なる場所に山が誘惑したのです」

福澤民子が諄々《じゅんじゅん》と諭すように言った。

一同は、彼女の言葉に聞き入ると同時に、天に近い雲表の神々の御座に座して、この非日常の高所から下りて行く明日《あした》からの日常を想っているようであった。

人生の一時を共有した一行は、今宵《こよい》を最後に、また明日は下界を八方へと分かれて行く。

この高所に比べれば、日常の下界は深海である。

そして民子から聞いた山が仕掛けた罠とは、雲表の寓話《ぐうわ》であるのかもしれない。深海と雲表をつなぐ寓話を聞くために、一行は下界からこの高所へ登って来た。

「明日は御来光を拝んでから、ゆっくりと下山します。お天気も安定しています。今夜は、ごゆっくりお寝《やす》みください」

民子は言った。

「下山するのが惜しくなりました。このまま後立山の縦走をつづけたいわ」

柚木雅子が言いだした。

〝夢の縦走路〟と呼ばれる後立山の縦走は、白馬岳から唐松岳、五竜岳《ごりゅうだけ》、八峰《はちみね》キレットを越えて、鹿島《かしま》槍ヶ岳、針《はり》ノ木岳《きだけ》を経由して、佐々成政《さっさなりまさ》が越えた針ノ木峠へと至る。一行はその気になったようである。夢の縦走路は進めば進むほどその本領を発揮して、北アルプスの絶景を一行の前に開く。

確かに、唐松岳から下山してしまっては、折角三千メートル級の高峰が連なる壮大な縦走路から途中下車するようなものである。

一度下車してしまえば、この御座に二度と位を占めることはないかもしれない。

「それはいけません。出発前より唐松岳から下山する予定になっています。山の旅は予定を安易に変更してはいけません。山旅は天候、時間、体力、一行の団結、調和など、精密機械と同じで条件が整わないとうまくいかないのです。おやすみなさい。明日は御来光を拝んでから、ゆっくりと下りましょう」

民子が言い渡した。山旅ではガイドの言葉が絶対である。

翌朝、御来光を拝み、朝食をゆっくりと摂《と》り、まだ厚い雲海に埋まっている日常に向かって、八方尾根《はっぽう》をゆっくりと下った。

下界の日常に帰って来た一行は、新宿駅で解散した。鯨井以下一行は、ほっとすると同時に、山とは異なる緊張をおぼえた。

折からラッシュアワーにかかり、険しい顔をした無数の顔が、駅の構内に溢《あふ》れている。山には決してない騒音、排ガスの臭い、体臭、人工の光などが、汚れた空間を埋め、同時に、これが我が街だという安堵《あんど》をおぼえる。

二泊三日の山旅を共にした常連たちは、名残を惜しみ、飯屋に立ち寄った。

「福澤民子は、もう怨《うら》みに讐《むく》いるに怨みをもってしないだろうな」

北風が口火を切った。

「ボスの言葉が効いたんだよ」

「山の神の御利益かもしれない」

「それにしても、タイミングがよかった。台風にでもつかまったら、重森氏を救う前に、我々がつかまってしまうところだった」

北風が首をすくめた。

「いい経験だったよ。山には罠が仕掛けてある。山が仕掛けたのではなく、山の神が仕掛けたとは知らなかった」

忍足が口を挟んだ。

「美しい罠だったな」

「美しい罠か……薔薇《ばら》に棘《とげ》があるように、山は美しい危険を隠している。美しければ美しいほどに危険性が高くなる」

「もしかすると、福澤民子は、重森が山中に死に場所を探していたのを予知していたのかもしれないな」

鯨井が言った。

「予知していたのであれば、なぜ彼をマークしていなかったのかな」

北風が言った。

「マークしていたさ。重森が姿を消したと伝えても、驚かなかった」

「それでは、死にたければ勝手に死ねと突き放していたのかな」

「そうは簡単に死ねないことも予知していたのだろう。我々が気づいて重森の捜索を始めても、ガイドの福澤は少しも慌てず、重森が迷ったと推測される道へ、自信を持った足取りで進んだ。あれはガイドとしての自信ではなく、初めから重森の行動を予測していた足取りだったよ」

井草の言葉に、常連がうなずいた。

「福澤民子は復讐《ふくしゅう》をしたのではないとおもう」

鯨井の言葉に常連の視線が集まった。

「福澤民子は、重森となんらかのつながりがあったにちがいない。山岳ガイドを務める福澤が、報復の舞台として山を選んだとは考えられない。仮に舞台として選んだとしても、重森を救う姿勢は整えていたはずだ」

鯨井が言った。

「重森の方は、福澤とのつながりを知っていたのでしょうか」

笛吹が問うた。

「いや、知らなかっただろうな。知っていたら参加しない。なぜなら、重森は自殺する前に救われてしまうことを予知できていたはずだからだ」

「福澤民子は、怨みに対して怨みをもって讐いない姿勢で、重森の参加を認めたということですね」

「そうだよ。山を報復の舞台に選ぶのは、山岳ガイドとして邪道であることに気づいたのだろう。山は神の御座、これを身勝手な人間たちによって汚されたくない。神が許容した恩恵だけに満足できない人間たちを懲らしめることはあっても、神が先に手を下すことはない、と福澤民子が仄《ほの》めかしていた」

「また機会があったら、途中で下山した夢の縦走路を完遂したいな」

万葉が遠い目をして言った。

「そうだな。あんた、山より、夢の縦走路の写真を完遂したいのだろう」

井草が見抜いたように言った。

「その時はまた福澤民子さんにガイドを頼むのね」

柚木雅子が言葉を補った。

「柚木先生が参加してくだされば、万華は十分です」

北風の言葉に一同がどっと沸いた。

全員の視線が、林立する超高層ビルの彼方《かなた》遠くに山脈を探している。

飯屋で食事を共にした一行は、空に近い雲表の旅から、大都会の深海に蠢《うごめ》く寓話の登場人物のような気分になっている。

常連たちは、東京で蓄えた人生の垢《あか》を北アルプスで洗い流して帰京し、本来いるべき位置に帰り着いたように、ほっとしていた。

汚染された東京という人間の海の常住者にとっては、塵《ちり》一粒浮かんでいないようなアルプスの空よりも、汚れた坩堝《るつぼ》と称《よ》ばれる東京の方が性に合っているようである。

心身の洗濯にはアルプスの方がリフレッシュされるような気がするが、そこに常住はできない。健康にとって悪いものばかりが集積している東京の方が、なぜか居心地が安定している。悪い安定ではあっても刺激があり、生きていることが面白い。

どこにどんな悪の元素が潜んでいるかは不明であるが、それだけに心身の緊張感が安定しているのである。

第六章　禁じられた生き甲斐

　山から帰京して、東京の騒擾《そうじょう》にようやく慣れてきたころ、常連たちが集まった飯屋に意外な訪問者があった。

　白馬岳登山のガイドをした福澤民子が、柚木雅子に伴われて来たのである。

　参加者から「山の神」と称ばれた凜々《りり》しい山岳ガイドが、高級なテーラードカラージャケット、膝丈《ニーレングス》のタイトスカート、すらりと伸びた美しい脚、ストレートなロングヘアと、上品なセクシーさを醸し出した大都会の女性に変身している。

　鯨井以下常連たちは、福澤民子の突然の出現に驚いた。

「福澤さんから、深刻な相談を持ちかけられました。私の手にはおえず、皆さんの隠れ家にご案内したのです」

　と、柚木雅子が改めて福澤民子を一同に紹介した。

「その節は、お世話になりました。皆さまとご一緒した白馬岳行は、私の生涯にとって、忘れられない山旅になりました」

　と福澤民子は再会の挨拶《あいさつ》をした。

「忘れられぬ山旅をいただいたのは、我々のほうですよ」

　北風が如才なく答えた。彼女と柚木の突然の来訪目的を、それとなく探っている。

「福澤さんは、最近、生命《いのち》を狙われています」

かたわらから柚木が声を発した。

生命を狙われていると聞いて、鯨井以下常連たちは姿勢を改めた。

「そのことについては、福澤さんご自身からお話しください」

柚木が民子を促した。

「数日前、仕事上の打ち合わせをすませてから帰宅途上、家の近くにある私鉄の跨線橋《こせんきょう》を渡っているとき、後ろから尾《つ》けて来た数人の集団によって、線路の上に突き落とされかけたのです。たまたま反対方向から人が来ましたので、危うく助かりましたが、それ以来、複数の視線を常に感じています。殺意を含んだ怖い視線です。夜間の一人歩きはしないようにしていますが、日中でも時どき悪意のこもった視線を感じます」

「それは……尋常ではないな。一度だけであれば、悪戯《いたずら》か、突発の、あなたとのトラブルがあったとも考えられますが、その後も視線を感じるというのは、単なる悪戯とは考えられない。最近、何者かに狙われるようになった心当たりがありますか」

鯨井が常連たちを代表して問うた。

「実は、心当たりがあります。皆さまの白馬岳登山のガイドの後、北アルプス裏銀座の縦走ガイドを商社の社員たちのハイキングクラブから依頼されて、無事に務め終えた後、そのうちの一人が轢《ひ》き逃げされて亡くなったのです。

私は、裏銀座縦走を依頼した自称商社マングループが、商社マンではなく暴力団くさかったのをおもいだしました。

轢き逃げされた方だけが商社マンのようでした。

私を殺そうとしたのは、ガイドを依頼した裏銀座縦走グループであり、轢き逃げの加害者もその商社マングループにちがいないと推測したのです」

「だからといって、あなたが暴力団くさいと言ったそのグループが、山行《やまゆき》に参加した商社マンを殺害したと憶測するのは早計ではありませんか」

と鯨井が言った。

「縦走中、轢き逃げされた被害者、前川道雄《まえかわみちお》さんはグループから脅迫されていたようでした。その山行にも無理やりに連れ出されたような感じでした」

「なるほど。しかし、それだけではグループがあなたを狙う動機として弱いとおもいます。山行ガイドを依頼したあなたを狙うのには、明確な動機があったとおもいますが……」

鯨井はさらに問うた。

「実は私、前川さんが轢き逃げされたとき、その現場に居合わせていて、一一九番に通報したのです。しかし加害者は車を停めずに逃走してしまったので、車のナンバーを確認できませんでした。そのとき加害者に私は見られたのだとおもいます。前川さんが轢き逃げされて間もなく私が襲われたので、もしかすると加害者は、私がガイドした自称商社マングループではないかと推測したのです」

「つまり、敵は轢き逃げ現場であなたを目撃し、裏銀座山行のガイドであることをおもいだしたということですね」

「はい。そうだとおもいます。まさかガイドが轢き逃げ現場に居合わせようとは、夢にもおもっていなかったのでしょう。私も後になって、轢き逃げした車の運転席にいた人が、北アルプス裏銀座を案内したグループの一人であったことに気がついたのです」

「轢き逃げ場面の偶然の目撃者を執念深く狙うということは、単純な轢き逃げではなく、計画的な犯罪ですね。もっとも、轢き逃げシーンを見られただけで、加害者にとっては致命的ですが、あなたを跨線橋から突き落とそうとしたのは、一人だけではなかったとおっしゃいましたね」

「はい。三人いました。確認はできませんでしたが、三人とも裏銀座のガイドをしたグループであったような気がします」

「ちょっとお尋ねしますが……」

万葉が言葉を挟んだ。福澤民子がそちらへ視線を向けると、

「裏銀座を縦走中、彼らの写真を撮りませんでしたか」

と万葉が問うた。戦場カメラマンらしい質問である。

「はい。グループから何度か頼まれまして、シャッターを押しました」

「あなたのカメラで撮影はしませんでしたか」

ガイド中、彼女がカメラを携帯していたことをおぼえていた。

山岳ガイドのほとんどはカメラを携行している。風景を撮影するだけではなく、仕事（案内）中の記録や、遭難や、不時の異変に備えて、カメラは必需品であった。

「グループのメンバーはカメラを携帯していて、私のカメラによる撮影は拒みました。

全員集合の写真はグループのカメラで、私にシャッターを押すように、とリクエストされました」

「それでは、あなたのカメラではグループを一度も撮影しなかったのですね」

「いいえ。一度だけですが、岩場を登るとき最後尾について何枚か、気づかれないように撮影しています。後ろ姿だけで、それぞれの顔は撮影できませんでした」

「それで十分ですよ。後ろ姿の画像だけで個人識別は可能です。彼らはあなたに後方から撮影されたことには気がついていませんか」

「気づかれていれば、メモリカードを取り上げられたとおもいます」

「それでは、メモリカードに彼らの画像が保存されていますね」

「はい」

「それを早速、見せてもらいたいな」

鯨井の言葉に、福澤民子は、

「たぶん、彼らの画像をリクエストされるとおもいまして、写真を持参しました」

と言って、バッグの中から写真を取り出した。裏銀座の縦走路を蟻のように並んで歩いている画像が、数枚の印画紙に拡大されていた。

好天に恵まれ、連峰の稜線《りょうせん》を走る縦走路の彼方《かなた》に、天を突く槍ヶ岳を目標にして、数名の登山者が一列縦隊となって蟻の歩みを進めている。

視野を圧倒する雲表の裏銀座通りであるが、印画紙を見つめている常連たちは、拡大された蟻の背に視線を集めている。

行列を追う複数の視線の中から、最初に言葉を発したのは柚木雅子である。

「このグループの後ろ姿には、既視感《デジャヴュ》があります」

と言った。それもつい最近のデジャヴュのようである。

柚木の言葉に連想が走ったらしく、万葉が、

「確かに以前、どこかで見かけている」

と言った。ほぼ同時に北風が、

「……あれだよ……あれに間違いない」

と言葉を追加した。

「あれじゃわからない。あれってなんだ」

忍足が問うた。

「おもいだしました。私を助けていただいたときです。所用で山手線《やまのて》に乗り、電車が下車駅の渋谷に近づいて、乗降口の前に移動した私を狙っていたように、黒服の集団がさりげなく包囲の輪を縮めてきました。私が彼らの凶悪な気配を察して、身動きできなくなったのを見かねて、常連の皆さまが、その集団を追い払ってくださいました。そのと

きの集団が、この印画紙に定着されているグループです。間違いありません」

と柚木雅子が断言した。

「私も同感だ。印画紙には顔を見せていないが、後ろ姿は、あのとき車中で柚木さんを包囲したグループの後ろ姿にぴたりと一致する。この自称商社マングループは、渋谷駅手前の車中で、柚木さんを取り巻いた四人の男たちに間違いない。福澤さんがガイドした自称商社マングループの人数は増えているが、そのうちの四人は、車中、柚木さんに関わった四人に間違いない」

「福澤さんを跨線橋から突き落とそうとした三人は、いずれも生地の良い黒いスーツを着ていて、目つきが鋭くありませんでしたか」

柚木雅子が問うと、

「その通りです。三人共にシャープな仕立ての生地の良いスーツを着ていました。三人のうちの一人が、轢き逃げをした車の運転をしていました。右の手首にカルティエらしい革ベルトの時計が見えました」

記憶が完全によみがえったらしく、福澤の言葉には自信があった。

「おそらく彼らは福澤さんをまた襲って来るにちがいない。夜間の一人歩きは絶対にしないように。昼間でも一人で寂しい場所には行かないように。よんどころない用事で呼ばれたときは、防犯カメラが設置されている場所を伝い歩くように。ご自宅の戸締りは厳重にしてください。怪しい気配を察知したときは、我々六人の携帯にSOSを発してください」

と鯨井が言った。

「私の携帯にも連絡してください」

柚木雅子が言葉を追加した。

ここに、六名プラス柚木雅子は、深海に蠢《うごめ》く凶悪な存在と向かい合ったのである。

敵はまだ、すでに因縁のある常連に気づいていない。

敵は、常連たちが叩《たた》き潰《つぶ》した政病（＝政会病院）と関わりを持っていた。

その後、その関わりがどうなったか不明である。

政病は常連たちによって崩壊したが、黒服集団は、依然として悪のクライアントに雇われているらしい。

轢《ひ》き逃げは、偶発の交通事故ではなく、意図された殺人であった疑いが濃い。

つまり、前川は、黒服集団のクライアントにとって、生きていられては都合の悪い存在だったのであろう。黒服集団に依頼して、交通事故を偽装して殺害したのである。

続いて、その場面を目撃した福澤民子が、黒服集団に狙われる立場になった。

飯屋に集まった常連たちを前にして、鯨井は、

「黒服集団は近いうちに、必ず福澤民子さんを襲うにちがいない。警察も動いているだろうが、加害車両の追跡に集中していて、福澤民子さんの警護はしていない。轢き逃げ

事件捜査本部は、現場百回をモットーに、遺留品の発見にあたり、硝子《ガラス》破片、タイヤ痕《こん》、胡麻粒《ごまつぶ》ほどの塗料片などを手がかりに、車種、車のメーカーを割り出し、修理工場や板金屋、塗装屋など、しらみ潰しに追及していく。

だが、目撃者が襲われたことは、あまり意識していないであろう。ただの事故であれば加害車両の運転手は、目撃者の口を塞《ふさ》ごうとするよりは、まず逃げようとする」

警察が優先するのは殺人未遂の追跡ではなく、加害車の割り出しである。

福澤民子、柚木雅子の証言から見て、これは単なる交通事故ではなく、その背後に巨悪の犯罪が隠れているらしい。

元刑事の嗅覚《きゅうかく》がしきりに蠢いている。

「黒服集団は必ずまた福澤さんの身辺に現われる。我々が彼女の身辺警護をしよう。ただし、我々の存在が敵に察知されないように、陰張り、すなわち忍者型でいく。陰張りは必ず二人以上でいく。奴らは凶器を持っているかもしれない。これまでのような鼻唄《はなうた》気分で対応できる相手ではない」

鯨井が常連たちに言い渡した。常連たちも緊張した面持ちでうなずいた。

リタイア後、時間を持て余していた常連たちは、環状線内で鯨井と出会い、人生が変わってしまった。もはや余生でもなければ、老後の時間潰しでもない。

人生を前編、後編と二分しての後者でもない。今や全く新しい人生である。

五人も、鯨井が維持している夢でもビジョンでもない、ロマンティシズムと同根の精神を共有している。

私製の正義に基づき、その正義の実現を目的にしている。

正義はおおむね法律に基づいているが、複雑でややこしい上に、法律は権力者がつくったものであり、権力にとって都合のよい解釈をする。権力と法律は不即不離である。さらに権力者が法律そのものになる。

正義の基準として絶対的信頼はおけない。だからといって私製（お手製）の正義は、法的には認められていない。

しかし、人を救うことを最優先としている限り、私製であろうが、権力製の正義であろうが、さしたるちがいはない。

偶発的な轢き逃げであれば、加害者は逃げる一方で、目撃者まで消そうとはしない。轢き逃げ自体が計画に基づいた犯行であり、前川に生きていられては都合の悪い犯人が黒服集団に依頼して、交通事故を偽装して前川を殺害し、さらにたまたま犯行のシーンに居合わせた福澤民子の口をも封じようとしたのであろう。

柚木雅子も犯罪実行役の黒服集団に狙われ、鯨井以下環状線の常連に救われている。彼らは悪の代行人であろう。依頼人《クライアント》は、黒服集団の背後に隠れている。

北風の指先手品によって黒服の一人から掏《す》り取ったカメラのメモリカードから、悪徳病院〝政病〟を解体したが、政病も黒服集団のクライアントであったのであろう。黒服集団も常連六人組を記憶しているかもしれない。彼らはクライアントの手足にすぎない。

まずは黒服の一人を捕捉《ほそく》して、クライアントを割り出す。クライアントの正体がわかれば、福澤民子の安全は確保される。

クライアントが依頼を取り消せば、プロの黒服集団は動かない。

黒服は金で動き、常連たちは第二の人生を生き甲斐《がい》あるものにしようとしている。そして、それぞれの昔取った杵柄《きねづか》が、第二の人生を護《まも》る武器となっている。

六人組は二班に分かれ、三人一組となって福澤民子の陰供《かげとも》をした。

福澤は恐縮したが、六人組は民間SP（警護）を生き甲斐としていた。彼らに言わせれば、こんな面白いことはない。

環状線車内の読書で時間を潰すよりも、張り合いがある。しかも、敵はプロの殺し屋集団であり、危険が伴う。

「禁じられた遊び《プレイ》」と言われても、遊びは禁じられているほど面白い。

だが、遊びとはおもっていない。彼らにとっては生き甲斐なのである。つまり、禁じられた生き甲斐である。

交代警護を始めて一週間は何事もなかった。

そして八日目、福澤民子はカルチャースクールから「山旅の醍醐味《だいごみ》と注意すべき要点」という演題で、講演を頼まれていた。

民子は四季を通じての山旅案内役として知名度が高く、百名山ブームと共に引っ張りだこの売れっ子であった。

講演は、会社帰りの聴衆が多い時間帯に行われ、帰宅は夜になった。

世田谷の奥にある彼女の家は、沿線の私鉄駅から少し離れている。タクシーに乗るには近すぎ、歩くにはやや遠い。

私鉄駅から自宅まで、彼女は自転車を使っている。ゆっくりと漕《こ》げば、警護の常連たちと歩調が合う。

途中、古社があり、境内は鬱蒼《うっそう》たる森林に包まれている。

生暖かい雨模様の夜であった。

境内を横切れば近道になるが、夜間は人通りが絶えて寂しい。ましてや、境内の松の木で首を吊《つ》った自殺者が出た後、昼間でも通行人がいなくなった。

「いやな予感がする。境内を通って行こう」

と忍足がささやいた。

遠祖は伊賀の忍者であり、五感が優れている。本来なら普通の道を行くべきところを、自殺者がぶら下がった境内の森の中を行こうというのである。

通常とは全く逆の提案を、鯨井と笛吹は当然のことのように受け容《い》れた。

「黒服は我々の陰供に気づいているにちがいない。故意に自分たちの気配を我々に察知させているのだ」

「気配を察知したら、避けたほうがいいのではありませんか」

鯨井に福澤民子が問うた。

「黒服とは、初めての出会いではない。我々は彼らの手口を知っている。我々は気配があるほうに入り込んで行く。気配も安全のしるしだ」

「本当に気配のあるほうが安全なのですか」

「いや、黒服は境内で待ち構えている。裏の裏という作戦だよ。だが、裏の裏にしても、我々が引っかかるとは限らない。境内と通常の通路、双方に網を張っている」

「それでは、どちらへ行っても危険が待ち構えているのですね」

「行くふりをして引き返します。しかし、ただでは引き返さない。今夜、危険を避けても、また次の機会に狙われます。いったん退《ひ》いたと見せかけて、奴らを捕まえます。彼らは、あなたには帰るルートが二本あることを知っており、双方で待ち構えています。しかし、我々があなたの陰供をして、前に進むか、引き返すか、前後の動きは考えていない」

おそらく、我々が環状線の常連であったことを知っているのだろう。もしかすると、彼らの主　敵《メインターゲット》はあなたではなく、我々であるかもしれない。クライアントは我々に恨《うら》みを含んでいる者である可能性も大きい。

考えてみれば、あなたは轢き逃げを目撃していても、真の加害者を知らない。あなたと我々の関係を知った真の加害者、すなわち犯人は、あなたを狙ったように見せかけながら、我々を狙っているのかもしれない。あなたの危険が去ったわけではないが、今夜は引き返しましょう。忍足がご自宅まで、別の道をエスコートします」

鯨井が言った。

鯨井は当初、クライアントが、現場を目撃した福澤民子の口を封ずるべく黒服集団に依頼したと推測したが、柚木雅子が調べたところ、被害者の前川道雄が倉田栄一郎《くらたえいいちろう》の秘書であることがわかった。

財界の長老と称《よ》ばれる倉田栄一郎は、日本経済を主導する菱井《ひしい》グループ数十社を率いる財界権力の王である。

同時に政権党にとっては主資金源であり、倉田栄一郎の意に沿わなければ即座に政治資金を断たれて、党の運営が難しくなる。政界に対して強い発言力を持っている。

前川道雄は、倉田栄一郎の金庫番と称ばれる秘書であった。

そして倉田は、政病の元院長の矢野秀典《ひでのり》と同郷の親友である。

矢野秀典は医学界で閣下と称ばれるボスであり、彼の優秀な弟子が倉田栄一郎の典医（お抱えの医師）となって、その健康をあずかっている。

「倉田は、政病の崩壊を胸に深く刻んでいるはずです。

倉田栄一郎の父親徳一《とくいち》は、軍部と結び、戦争中に甘い汁をたっぷりと吸って、菱井グループを肥え太らせ、日本財界の独占支配を成し遂げた元凶です。

敗戦と同時に、軍部と共に日本財閥は完膚なきまでに解体されました。しかし、徳一はそのようなことではへこたれず、戦時中、特接（特殊接待）と称し、軍部高官に赤坂《あかさか》、新橋《しんばし》などの美妓《びぎ》を提供して、軍部との癒着を深めた手法を、そのまま日本に進駐したGHQ高官へ転用して、菱井グループを再生させたのです。

徳一の手法をそれ以上に拡大して、栄一郎は政権と結びつき、菱井グループの財界独占支配を揺るぎなきものにしました。

その金庫番であった前川道雄は、菱井グループの秘密を知り尽くしていたにちがいありません。前川は、単なる交通事故死ではないでしょう。その背後に政権と財閥の秘密が隠されているはずです。

黒服集団にエスコートされ、福澤さんがガイドした北アルプス裏銀座の山行から帰った後、轢《ひ》き逃げされたのは、偶然とはおもえません。

前川は山が好きで、高校・大学を通して山岳部に所属していました。裏銀座縦走に黒服集団が商社のハイキングクラブを名乗って同行したのも、山中、機会を見て前川を殺せという依頼（命令）が黒服集団に下ったのではないかとおもいます」

「もしそうであれば、ガイドを雇うはずはないが……」

鯨井が問うた。

「前川が福澤さんにガイドを頼んだのですよ。仕事に追われて、しばらく山から遠ざかっていた前川は、裏銀座縦走に自信がなかったのか、あるいは黒服集団の同行を気味悪くおもって、福澤さんにガイドを依頼したのでしょう。あるいは前川自身が黒服集団に同行を求めたのかもしれません」

「前川は、なぜそんなことをしたのか」

「前川は相当なタマです。むしろ、彼は黒服集団を裏銀座におびき出して、なにか仕掛けようとしたのではないでしょうか」

「前川が黒服に仕掛ける……」

「私の推測にすぎませんが、黒服は金でいかようにも動くプロです。前川の得意な舞台である山へおびき出して、彼らを手なずけようとしたのか、あるいは山中置き去りにして、二度と自分に手を出すなと恫喝《どうかつ》しようとしたのか、さらにあるいは単純に久しぶりの山に、顎《あご》で使っている黒服集団を連れて行ったとも考えられます」

「そして山から帰って来て、轢き逃げされた……」

「猟師が獲物に食われたようなものです。いずれにしても、前川の死には、倉田栄一郎の意志が働いているにちがいありません。前川は、倉田の飼い犬でありながら、飼い主の手を嚙《か》むようなことをしたのでしょう」

柚木雅子の報告によって、多少の輪郭が見えてきた。

その輪郭に基づいて、福澤民子を狙う黒服集団への対応策を、鯨井以下六人の常連は額を集めて討議した。

今、常連たちが目の前にしている課題は、単なる交通事故ではなく、その背後に巨悪の意志が感じられる。

だが、巨悪であればあるほど、私製の正義感が頭をもたげてくる。

とりあえず目の前にあるものは黒服集団であり、相応の対策をもって向かい合わなければならない。

権力の末端に連なっていた鯨井の昔取った杵柄《きねづか》をはじめ、現役時代に蓄え磨いたそれぞれの知恵や技術を用いて、巨悪の手先、プロフェッショナルと対決していく。戦力も同程度であろう。それだけに私製正義の出番である。

常連が知恵を集めた末、鯨井が決定した作戦は、

「まず、敵と向かい合う戦場は、福澤民子の自宅近くにある古社の境内。向かい合う時間は、午後十時から午前零時の間。

六人組が総員参加。

敵は凶器で武装している可能性十分なので、防弾チョッキを着用……」

防弾チョッキと聞いて、常連たちは緊張した。まさか飛び道具で武装しているとはおもわなかったのである。

「万一の用心だ。その方面の武装を商っている友人から借りてきた。念のためだよ」

常連たちは改めて鯨井の人脈の広さに感嘆していた。

「おそらく敵は地上で隠れて待ち伏せしている。奴らは獲物を包囲するのが得意らしい」

「地上で待ち伏せというと、我々はどこで対応すればよいのですか」

井草が問うた。

「忍足君と笛吹君と私が頭上で待ち構える。北風、万葉、井草の三君は地上で待機してくれ。黒服たちのこれまでの手口を見ると、固まって襲うのが得意のようだ。我々は散開して網を絞る」

鯨井は作戦を具体的に説明した。

鯨井が現役のころ、犯人集団に用いた得意の手である。

「敵は、我々が張った罠《わな》に予想通り入ってくるでしょうか」

北風が問うた。

「餌は福澤さんだ。北風、万葉、井草の三君には陰供をしてもらう。敵は一応、福澤さんをターゲットに見せかけているようだが、真のターゲットは我々かもしれない。彼らは柚木さんを間違って襲おうとしたときに我々を見ている。我々が黒服集団のクライアントをどこまで知っているか確かめたいのだ。彼我どちらも福澤さんを挟んで探り合いをしている。黒服集団の目的を確認したい」

鯨井は常連たちと協議して、十分な準備をした。敵は手強《てごわ》いプロであるが、要するに、金で雇われた連中である。

彼らがこちらの作戦通りに動いてくれるかどうかは不明である。しかし、依然として福澤民子を狙っていることは間違いない。

だが、いつ、どこで彼女を再び襲うかわからない。常連たちの陰供は、とうに彼らに察知されているであろう。察知されていなければ、すでに彼女を襲っているはずである。攻守を考えた場合、攻める側は圧倒的に有利である。攻め手は、いつ、どこでも都合のよい時間に攻撃できる。

それに対して守る側は、いつ、どこから攻められるか不明である。その間、終始緊張していなければならない。日常生活が完全に破壊される。

だが、もともと暇を持て余し、退屈していた常連たちである。

鯨井は敵をおびき出すための罠を張った。そして敵を十分に苛立《いらだ》たせ、首尾よく仕掛けた罠に誘い込んだのである。

数十年積み重ねた刑事の勘から、犯人（今は黒服集団）の心理が手に取るように読み取れる。

敵にとって最も襲撃しやすい時間と場所が、鯨井が仕掛けた罠とぴたりと一致した。

待ちに待った敵の気配を察知した退屈男たちは、鯨井の指揮に従って、それぞれの持ち場についている。

敵は十分に苛立っている。依頼を果たせぬまま、べんべんと時間を失っており、クライアントから責められているにちがいない。

彼らは、柚木雅子の人違いから発展した政病の解体、山中での前川道雄の処分失敗、山岳ガイド福澤民子への対応ミスなど、連続してクライアントからの依頼を遂行できていない。

しかも、前川道雄を轢き逃げによって処分した場面を、あろうことか福澤民子に目撃されてしまった。泣き面に蜂という状態である。

鯨井は黒服集団の焦りを十分に察知していた。

それに対して、鯨井以下退屈常連たちは、柚木雅子の完璧《かんぺき》な調査と、政病に潜入しての十分な戦歴と、その後、私製正義に基づいて磨いた知識と技を蓄えている。タイミングも良かった。

予想した通り、黒服集団は、一般通路と境内の二手に分かれて待ち伏せしていた。

鯨井以下常連たちから見ると、まことに幼稚な待ち伏せであった。

だが、油断は禁物である。彼らは、鯨井が予測した通り、境内に主力を集めていた。

そこへ、陰供に護《まも》られた福澤民子が降りた自転車を押して行った。

その前に立ち塞《ふさ》がったのが三名の黒服である。

「福澤さん、お久しぶり。ちょっとお尋ねしたいことがあるので、同行していただきたい」

リーダー格が声をかけた。

「なんでしょう。なぜ、こんな暗い所で待っていたのですか」

常連たちに陰張りされていることは知っているが、民子の声が震えた。

「すぐにすむことです」

三人の黒服が、民子を囲むように肉薄してきた。

そのとき民子の背後から強烈な光が浴びせかけられ、ほぼ同時にパトカーのようなサイレンが鳴った。

闇の中で突然、強い光を浴びせられた黒服たちの目は眩《くら》み、サイレンが彼らを仰天させた。その場から逃げたくても目が見えない。

その間に民子は自転車に乗って、闇の奥へ姿を消した。

前後して、黒服たちは頭上から異臭を放つ液体を浴びせかけられた。強い臭いに呼吸が困難となり、粘液に身体の自由がきかなくなった。

一般通路で待ち構えていた三人の別動黒服は、常連たちが鳴らしたサイレンをパトカーのものと勘違いして逃走した。境内の待ち伏せ組は、呆気《あっけ》なく常連たちに拉致《らち》未遂の現行犯として〝逮捕〟された。

常連たちは万一に備えて防弾チョッキを着用していたが、無用となった。待ち伏せしていた三人は、凶器は携帯していなかった。

難を逃れた福澤民子は、黒服三人のうちの一人が、前川道雄を轢《ひ》き逃げした加害車の運転をしていた事実を証言した。

現行犯で逮捕された黒服三人は、現役時代、捜査一課の鬼鯨と称ばれていた鯨井から刑事魂を叩《たた》き込まれた棟居《むねすえ》に引き渡された。

逃走した三人の黒服についても、時間の問題であろう。

この一件を棟居に預ければ、黒服集団のクライアントを必ず捜し出し、前川道雄轢き逃げの背後に隠れている政財界の腐食を、焙《あぶ》り出すにちがいない。

福澤民子以下常連たちの事情聴取が終わった後、渋谷の飯屋でささやかな打ち上げが行われた。

一件落着というわけでもないが、警察に引き継いだことでひとまず落着と言えよう。

「棟居はやるよ。彼の手にかかれば、一件どころか数件落着となるだろう。現役と環状線のちがいだな」

鯨井の言葉に、北風が、

「一線終着ではありませんか」

と茶々を入れたので、一同、わっと沸いた。

第七章　小説の現場

黒服集団を壊滅させた後、鯨井以下常連たちは、しばしフリーになった。

黒服集団のクライアントは確認されていない。被害者前川道雄の素性から、政財界の癒着源を発見したものの、私製正義グループでは巨悪に立ち向かえない。国家権力と大企業が結びついた巨悪の構造に対しては、手も足も出ない。

真相の発見と正義の実現を使命とする棟居でも、権力構造の末端に連なっているので、政治警察として権力機関と一体となっている上層部の意志に逆らえば、叩き潰《つぶ》される。

だが、鯨井が現役時代、正義の実現を使命とした警察官の執念は、一種のロマンティシズムとなって、権力機関との対決も辞さない。

一寸の虫にも宿る五分の魂は、巨大な権力機関に対し一歩も引かず、互角に渡り合う戦力となる。

そして、鯨井は現役時代に蓄えた五分の魂と、ロマンティックな戦力を余すところなく棟居に、オリンピックの聖火のように引き渡したのである。

あとは、棟居と場（悪《わる》との戦場）に委《ゆだ》ねるだけである。

どんなに巨悪の権力機関であっても、現場（戦場）に引き出されると、相手が一寸の虫であっても油断できなくなる。

(自分には戦場はない)

一件落着した後、鯨井は、なにげなくつぶやいた。

人生後編に入ってから、一政会病院や黒服集団との対決、福澤民子の警護などをボランティア活動的に行ってきたが、それは使命ではない。

人生後編に移動して、自由の身となり、あたえられた無限の時間を埋めるために正義を私製し、人間の海に潜む悪を知的に懲らしめた。

それは、なにをしてもよい自由の時間潰しである。だが、単なる時間潰しでは、人生後編の意義がなくなってしまう。つまり、生き甲斐《がい》である。

官製であろうと、私製であろうと、正義には変わりない、と自分を納得させ、そして今日がある。

リタイア直後、鯨井はあたえられた無限の自由の前で茫然《ぼうぜん》としていた。なにもすることがない自由は、一種の死に体であった。

それが今は五人の仲間と共に、密度の高い人生後編を生きている。毎日に生き甲斐がある。

現役時代の生き甲斐は、外《アウトサイド》から命じられた使命であったが、後編では、だれからも命じられない、手製の正義が生き甲斐となっている。

鯨井は、人生本番とされる現役時代よりも、リタイア後の生き方のほうが本番のような気がしていた。

現役時代には国や組織や会社や集団などに属していたが、後編の生き方は、自分自身が原点になっている。志を同じくする者も五人いる。強制は一切ない。

鯨井は、六十歳にして初めて人生本番の味を知った。本番であればこそ、自由をエンジョイし、そして私製の正義を実現できる。こんな素晴らしい生き方があることも、人生前編が下敷きになっているからである。

私製の正義を実現している間に高齢化していっても、終着駅までの持ち時間は、戦争や自然の災害などに巻き込まれない限り、それぞれの自由時間である。終着駅までが自由な人生本番である。

「人生本番は痺《しび》れますね」

井草は鯨井の言葉を持ち上げた。常連たち全員の顔色が追従の意を表している。

折も折、柚木雅子から新しい情報が入った。笹本文子の娘、綾子が結婚するという。ストーカーが鯨井以下の常連たちによって逮捕されたので、晴れて同僚の社員と勤務先のホテルで挙式することになったというのである。

「それはおめでたい。母親の文子さんもさぞや喜んでいることだろう」

「挙式の日、祝電を打ちませんか」

「花嫁の母親は、あんたの初恋の人だろう。祝電だけではなく、披露宴に出席してやったらどうだ」

と鯨井に勧められて、

「出席したいけど、招待されてませんよ」

と井草が答えた。

「招待されなくても押しかけて行けよ。喜ばれること間違いなしだ」

と鯨井は、井草が行かなければ自分が出席するような顔をした。常連たちも同じ顔色である。

翌日、笹本文子の名前で、常連全員に招待状が届いた。

後を追うようにして、柚木雅子から、

「私にも招待状が送られて来ました。福澤さんも招《よ》ばれたそうです」

と電話で伝えてきた。

「柚木さんや我々の招待はわかるが、福澤さんとはどんな関わりがあるのかな」

北風が首を傾げた。

「それはあるよ。福澤さんは山岳ガイドだよ。笹本親子は、南アルプス、八ヶ岳の登山口に住んでいる」

鯨井の言葉に一同は納得した。

「結婚披露宴に招かれたのは、リタイア後、初めてだ」

と全員が舞い上がった。

単なる披露宴ではない。彼らの私製正義の枝に花が咲いたような気がした。

挙式への招待だけではなかった。

鯨井の高校時代の旧友武田和彦《たけだかずひこ》からは茶会に招ばれた。

彼はグローバルな商圏を擁する、日本を代表する製薬会社の経営者一族に連なる辣腕《らつわん》である。会社の世界的な発展を見届けた後、自分の自由な人生を生きたいと望んで、同族会社を退き、新しい人生を求めて拠点を八ヶ岳南の山麓《さんろく》に築いた。八ヶ岳の壮大な裾野《すその》に吹く爽《さわ》やかな風《ひ》をイメージして「緑風社《りょくふうしゃ》」と名づけ、障害のある人を社会参加させる就職活動をサポートするとともに、花苗や蘭を栽培する花園、植物園、薔薇《ばら》園を開いて、福祉と農業を二本柱にしたのである。

並行して、日本の文化・伝統が凝縮されている茶道に、精神が安定する魅力をおぼえて、師匠である義父の門を叩き、侘茶《わびちゃ》の真髄を究めるべく、優雅で優美な茶道の醍醐味《だいごみ》を追求していた。

岡倉天心《おかくらてんしん》の『茶の本』に出会った武田は、茶道から、純粋、調和、互いにおもいやる精神の深みが社会秩序の理想であることをおしえられ、人生ままならないと一度限りの人生を退くことなく、できることだけでもやってみようという心やさしい挑戦の大切さを学んだ。その挑戦の現場が茶庭、茶室であり、一見散逸しているような飛び石、その上に舞い落ちる枯葉、苔《こけ》むした御影石《みかげいし》の燈籠《とうろう》を前にうずくまったり、そのかたわらを、なにげなく通ったりするだけでも、精神が高揚、安定する、と鯨井は彼から聞いたことがあった。

そのときは彼の言葉の世界と、自分の生活圏とは別世界のような気がしたが、一度、彼の自宅に招かれて一服の茶を振る舞われたとき、茶道の重んじる形式が完成された見事な空間で、社会の汚濁と喧騒《けんそう》の中でかなり荒れた心が安定して、浄化されるような気がした。

一服の茶の後の静寂に、心身が柔軟になり、経験したことのない美しい充実をおぼえた。

さらに武田は、静岡県伊東《いとう》で、世界遺産である奈良・春日《かすが》大社の古材や京都裏千家の古材などを使用した今日庵《こんにちあん》を彷彿《ほうふつ》とさせる茶室に出会い、感動して、これを八ヶ岳山麓に移築した。千利休《せんのりきゅう》が完成した茶の湯イコール侘茶を伝える茶室を、義父の九十歳を祝い、また、だれもが気軽に茶の湯に触れることで新しい出会い、発見、感動などが生まれることを願って公開した。

その茶室「瑞龍庵《ずいりゅうあん》」に、笹本綾子の挙式の後、招待されたのである。

常連たちは興奮した。こんな招待を受けたことは、今までにない。

しかも、いずれの招きも、長い間隔をおいた遠い昔の想い出が今日に生き返り、新しい出会いとなったのである。

青春のクラスメイトからも、環状線の常連だけではなく、彼らに救われた柚木雅子や福澤民子まで茶会に招ばれていた。

「本当に青春は遠い昔のようだが、実際には近い、昨日のようにおもえるな」

鯨井は改めて、加藤泰三《かとうたいぞう》の詩の断片を想い出した。

「世の中には凄《すご》い人がいるもんだねえ。我々は会社や組織や集団から心太《ところてん》のように押し出されて、汚れた人間の海を自由気儘《きまま》に泳いでいる。それに反して、この人は世界的な大企業の社長コースにも乗れるのをさっさと捨てて、新しい人生を探して、危険が潜む無限の海に漕《こ》ぎだした。凄い度胸だな」

「同じ海であっても、新人生航路のスケールがちがう」

常連たちは、武田からの茶会招待《インビテーション》に驚くと同時に、感動していた。

「さすがはボス（鯨井）、凄いクラスメイトがいますね」

北風が言った。

「凄いよ。彼にとっては、大企業の海も狭い。自由の大海といっても、要するに永遠の道を歩く未知の狩人《かりゅうど》だよ」

「未知の狩人……どんな獲物を追っているのですか」

井草と万葉が同時に問うた。

「未知だよ。未知数だ。わかっていることには興味はない。だから社会福祉事業と農業を同時に経営しながら、茶道という未知の醍醐味を追っているんだ。

彼の言葉によると、茶道は日本の文化と伝統の結晶であり、永遠の理念だ。よくわからんが、彼が学んでいる茶道の宗匠は、戦時中特攻隊員で、明日《あした》は出撃と命ぜられた日、彼と同行する戦友たちに、『明日の出撃は決死ではなく必死であり、生還は期していない。『あの世で再会したら、あんたが点《た》ててくれる本当の茶を飲ませてくれ』と言われたそうだ。

だが、日本文化の宗匠を不帰の特攻にできないと、心利いた上官の配慮によって、出撃直前に転属になって、一命を拾ったという。

戦後、生き残った宗匠は不帰の戦友たちのために、本当の茶を点てることに専念した。それが今日の茶道の本当の一服の茶に凝縮されていると彼から聞いたことがある」

「特攻隊で、あの世の門前で助かった宗匠が伝えた本当の茶を飲めるとは凄いな」

「それが私たちの日々の暮らしをつづけていく基本となる大切な考え方というわけですね」

雅子が言った。挙式と茶席に招待された柚木雅子と福澤民子は、出席する事前の相談に楽しげに参加していた。

一同はすでに結婚披露宴と茶会の席に出席しているような気分になっていた。

「生きていればこそ、このような宴や会に招ばれる。戦時の若者は、敵に殺される前に、国家によってそれぞれの人生を破壊された。

若者の数だけあった未知数(可能性)は、すべて戦場に否応《いやおう》なく引きずり出された。それでも特攻隊員は、本当のお茶を飲みたいと言った。

戦場に散った若者たちに本当の茶を点てた宗匠は、どんな気持ちだったろうか。武田もその宗匠の気持ちを引き継いでいるにちがいない。我々は自由という人間の海を前にして、環状線で時間を潰《つぶ》していた。

強制的に戦死させられた若者たちには、自由の大海はなかった。彼らの無念を少しでも癒《い》やすために、我々は人生の本番を大切にしなければならないな。招ばれた茶席で、きっと我々は人生本番の醍醐味を味わうだろう。生きていてよかった。若くして国に殺された者たちのためにも、我々は一分一秒も無駄にしてはならない。本当のお茶を胸に刻んでおこう」

鯨井の言葉に一同がうなずいた。

招待日、東京の澱《よど》んだ空が日増しに高くなり、愁色が濃くなる秋の朝、一行は新宿駅に集合した。

晴天に恵まれ、中部山岳方面に向かう列車が待つプラットホームには、心弾ませる乗客たちが集まって来ている。

ビジネス色の濃い東海道や東北、あるいは北陸へ向かう新幹線の単なる移動とは異なり、心身共に弾み立つ旅恋の乗客たちが多い。

鯨井は図書館で手当たり次第に借り出した文芸作品の中にあった堀辰雄《ほりたつお》の名作『菜穂子《なおこ》』の一節を想起した。

主人公の夫・圭介《けいすけ》が知人の葬式の帰途、駅のホームにいると、中央線《ちゆうおう》の長い列車が、風と共に無数の落葉を舞い立たせながら彼の前を通過した。圭介は列車が走り去った後も、かきたてられた落葉の渦の中に立って、列車の進行方向を見送っていた。

「それが数時間の後には、信州へはいり、菜穂子のいる療養所の近くを今と同じような速力で通過することを思い描きながら。……」

と書かれた場面を想い出した。

だが、今日は想うだけではなく、美しくも哀しい小説の現場に、入り込んで行くのである。


ホームに入線、車内整備しながら待機していた車両に発車時間が近づき、ドアが開いた。常連たち一同が乗車しかけたとき、彼らは視線をホームの同一方向に集めた。

「ごめんなさい。お待たせしたかしら」

そこに慎ましくも艶《あで》やかな和服を清楚《せいそ》な花のように着こなした二人の女性が連れ立っていた。

同行予定の柚木雅子と福澤民子である。

忍足は、母が日常和服を着つけていただけに、和服に詳しかった。

雅子は萌葱《もえぎ》色の江戸小紋に秋の草花を刺繍《ししゅう》した帯と、清楚で凛とした気品がある。民子も格の高い着物で、気取らないフォーマルを現代的なスレンダーシルエットにアレンジしている。二人共に気品のある華やかで美しいお嬢様に変身していた。

平素は都会的なビジネスに対応する機能的《ファンクショナル》でスマートな洋装しか見ていなかった常連

一同は、視線を固定したまま動かなかった。

「私たち、どうかしたかしら？……」

雅子と民子が逆に驚いたような顔をした。

「いやいや、見ちがえましたよ。恐れ入りました」

鯨井がどぎまぎした口調で答えた。

「お化けを見ているようですわ」

雅子が言った。

「お化け……だとすれば、美しいお化けですね」

北風が余計な口出しをした。

「お世辞であっても、お化けはいやです」

民子が言った。

「お化けだなんておもいませんよ。別人のように見えただけです」

井草が取りなしていると、発車時刻が迫った。

乗車した女性二人に、常連だけではなく、乗客たちの視線も集まった。新幹線ではそんな視線は集まらない。余裕がないのである。乗客の余裕は、それだけ人生の余裕を示している。

そして時刻表通りに、堀辰雄の小説のヒロイン、菜穂子が療養していた山麓《さんろく》に近い駅に到着した。

小さな駅舎に降りたつと、目の前に南アルプスの霊峰、甲斐駒ヶ岳が立ち上がり、向かい合う八ヶ岳につながる広大な裾野《すその》が雲を千切り、地平線と溶接している空に、白い綿のように吹き流している。

若き日、八ヶ岳や甲斐駒、仙丈《せんじょう》、鳳凰《ほうおう》三山などに山仲間と共に登った時の記憶に残る山影と変わりはないが、駅近くの建築物が増えている。そのことが今日と遠い青春の日とのちがいであった。

挙式場は密度の濃い樹林帯に包まれている中世イタリアの城郭を連想させるホテルであり、新郎新婦の職場でもある。

社員同士の結婚は初めてとあって、ホテル側も総力を挙げての式となった。ホテル内のチャペルで両家親族、これに友人や知人も参加して、祭壇下で牧師の問いに答えて、終生の愛を誓い、出席者全員の祝福を受ける。

滞りなく式次第は進行して、ホテル最大の披露宴会場に移動する。

披露宴は挙式以上に多数の客が出席して、和気藹々《わきあいあい》と盛り上がった。来賓の中でも、柚木雅子と福澤民子のフォーマルな着物姿は一際目立った。

障害物《ストーカー》を排除しての結婚だけに、事情を知る者にはより感動的であった。

司会者が開宴を告げ、媒酌人により新郎新婦のプロフィールが紹介された後、鯨井は新郎新婦の主賓として祝辞と乾杯の発声を求められた。新婦にとって、鯨井以下常連たちは命と人生の恩人であった。

鯨井は、スピーチを花嫁の母親文子から頼まれていた。今日の披露宴に備えて内容を考えていたが、満足する言葉が浮かばない。

当日、逃げも隠れもできない限界に追いつめられても、話すべき言葉は見つからないままであった。

ついに司会者に指名されて立ち上がったものの、意識が白くなっている。マイクが回され、絶体絶命のコーナーに追いつめられた。

北風か井草、または柚木雅子に乾杯の発声に伴う祝辞を譲ろうとしたが、彼らもそれぞれにスピーチをリクエストされている。

もはやこれまでと覚悟した瞬間、すらりと最初の言葉が出た。

「結婚は、ただ一人ではできません。必ずパートナーがいます。それも人生を共にするパートナーです。人生は一度限り、人生という大きな海を渡るためには、パートナーがいたほうがよいに決まっています」

平凡な言葉であったが、すらすらと出てきた。

「本来、人生はままならない時間と空間であり、一人で対決するより二人で向かい合ったほうが、戦力が二倍になります。男女がこの世で出会って結ばれるのは、無限の宇宙の中で、それぞれの星から来た宇宙船が出会ったようなものです。人生という大海の中で、二人が協力して、できるだけのことをやってみようという、結ばれた男女一体となっての愛を武器としての挑戦であります。結ばれし縁《えにし》の深さを生涯大切に、新生活のスターラインに立った二人に、祝福の盃《さかずき》を上げたいとおもいます。ご一同様、ご起立を願います」

総勢席を立ち、一斉に唱和して、盃を上げた。

食事が運ばれ、つづいて招待客のスピーチが始まった。

出席者たちの視線が集まっていた柚木雅子と福澤民子の後に、常連たちや他の来賓のスピーチがつづく。

ケーキ入刀、色直し、再入場した新郎新婦によるキャンドルサービスなど、式次第は順調に進行して、両家代表の謝辞へと進み、終宴となった。

鯨井以下の一同は、翌日招かれている茶会に出席するため、ホテルに部屋をとってある。部屋に帰る前に一同はラウンジに集まった。「ボスの乾杯スピーチは抜群だったな」

北風が褒めた。

「出だしが遅くて、冷や汗をかいたよ」

笛吹と万葉が言った。忍足、井草がうなずき合い、雅子と民子が、くすりと笑った。

「なにがおかしいんだい」

笛吹と万葉が問うた。

「だって、ボスのスピーチが、茶会のお招きを受けて読んだ岡倉天心の『茶の本』の中の文言によく似ていたのですもの」

と雅子が答えた。つづいて民子が、

「おもうがままにならない人生で、できる限りのことをやってみようという心やさしい挑戦なのだという茶道の基本的な心得が、スピーチに見事に応用されていましたわ」

感嘆したように言った。

「岡倉天心の『茶の本』の盗用とは驚きましたね」

「明日《あした》の茶席が怖くなったな」

北風が大げさに肩をすくめたので、一同がどっと沸いた。

鯨井は苦笑いせざるを得なかった。

改めてスピーチをおもいだしてみると、なんの備えもなく、コーナーに追いつめられて、「可能なことだけでもやってみようという心やさしい挑戦」を無断拝借したことに気づいた。

つまり、まだ一服の茶もいただかぬ前に、茶道の精神を無意識のうちに学んでいたのである。

翌朝は雲一片もなく快晴。窓を開けば眼前に甲斐駒ヶ岳が聳《そび》え立っている。

常に頂上近くに雲が絡まっているのが、今朝は一片の雲もない紺碧《こんぺき》の空間に巨大な位置を占めている。視線を少しそらせば、富士《ふじ》の秀麗な山影が、朝靄《あさもや》の中に霞《かす》んでいる。

これぞ茶会日和と、眼前に横たわる快晴に恵まれた風光に、鯨井は勝手に茶会と結びつけて命名した。

鯨井には、秋色に染まったこの絶景が、瑞龍庵の完成と共に日本の文化、伝統が結晶した結果、配置されているように見えた。

朝食後、ホテル玄関に集合した一同のうち、凜として艶《あで》やかな二人の女性は、秋の一日を彩る美しい光源であった。

互いに朝の挨拶《あいさつ》を交わし、待つ間もなく、武田家から迎えの車が来た。

ホテルの社員たちに見送られて樹林帯を出た迎車は、八ヶ岳南麓を余裕をもって走り、ひときわ眺望のよい雄大な裾野に占位している緑風社に着いた。

果てしもなくつづくような地平線の彼方《かなた》に、富士の山影が見える。瑞龍庵は緑風社の庭につづいて、いかにも深まる秋の香りの奥に隠れるようにして、謙虚にたたずんでいた。

八ヶ岳南麓の壮大な裾野に立つ瑞龍庵は、奈良・春日大社や京都裏千家、平泉《ひらいずみ》家の古材などが使用されており今日庵を彷彿《ほうふつ》とさせ、その透かし襖《ふすま》や柿渋仕上げの天井などに武田が一目《ひとめ》惚《ぼ》れして移築したという。

古社寺の新築工事や、多くの寺院や古民家再生の実績を重ねている宮大工、また名園の造形に巧みな名庭師や造園師、基礎工事の達人などが動員されて、伊東から八ヶ岳南麓への移築を完成したのである。

当初、昇龍庵《しょうりゅうあん》と名付けたが、茶室完成記念に義父が贈呈した茶杓《ちゃしゃく》の名前に由来して瑞龍庵と命名した。

側庭を案内する庭石伝いに、茶席の主《あるじ》が客を迎える。軽やかな門があり、その右手前に茶客を待つシンプルな小屋がある。

鯨井は今日の茶会の正客《しょうきゃく》（最上位の客）として招《よ》ばれている。

雅子と民子は時計やアクセサリー類をすでに外していたが、鯨井以下常連は腕時計を付けたままである。

庭に敷かれた飛び石伝いの外待合で待つ間もなく、瑞龍庵の前にある枝折《しお》り戸（中門）が開いて、亭主から鄭重《ていちょう》に迎え付けを受けた。

その後、再び飛び石を伝い、蹲《つくばい》で手水《ちょうず》を使い口を清めて、いよいよにじり口から茶室へ席入りをする。

正客の鯨井が首を縮めて茶室へ入ると、意外なことに畳はない。

正客の鯨井は、茶室入りをしたら正座するものとばかりおもっていたが、茶室には立《りゅう》礼《れい》（席）と称《よ》ぶ点前座《てまえざ》（床机《しょうぎ》台一畳敷座礼式）、それと平行に細長いテーブル（椅子席）が配置されている。

まず鯨井がにじり口から席入りをし、常連、女性がつづいた。彼女らの着物姿は、茶室に入り、断然その本領を発揮した。フォーマルな和装は、これ以上ない調和《フォーマル》の完成であった。

正客として最初に席中《せきなか》に入った鯨井は、まずは扇子を膝前《ひざまえ》に置き、亭主に一礼した後、床の間の掛け物を拝見した。

掛け物と共に、床の間の花と花入れを拝見する。このあたりまでは柚木雅子の特訓を受けていた。

掛け物を見ても書は読めず、絵は意味不明であるが、作者から迫る圧力をおぼえるようであった。それも、だれもが持っているストレスを解消するような小気味のよい迫力である。その迫力に乗って、背後に背負った窓から香ばしい秋の香りが謙虚に忍び寄っている。

かたちを重んじる茶席が完成されていて、初めて接する者ながらも、作法そのものが合理的で、これ以外はない美しい形式をいつの間にか心地よく納得して、ベストの時間と空間の中にいるような気がしてくる。

初めての茶客には茶の形式が複雑に感じられるが、形式を守ることに茶道の本来（いのち）があり、不純なものが茶事の間に取り除かれていくらしい。

禅僧によって中国から日本に持ち込まれた茶の湯の形式を究極まで簡略化したのが侘《わび》茶《ちゃ》である。複数の客に供する茶を一碗《わん》で点《た》て、出席者は回し飲みをしながら、利休が唱えた「和敬清寂《わけいせいじゃく》」の世界、すなわち平和の和、人の和、風流、今日で言うならフォーマルの精神、そして塵《ちり》一粒入り込まぬ清らかで永遠の美学を追究した。

茶の奥に香れる秋《とき》や生きてをり
香る秋《とき》一服の茶に遠慮して

鯨井は無意識のうちに句吟していた。

茶事は滞りなく進行して終わり、主客総礼して、正客の鯨井から退席し、末客が退席するまで、亭主はにじり口を開いて送り礼をしながら見送った。

茶道の心得もなく正客として招ばれたが、出入り作法を誤ることもなく、茶の湯の醍《だい》醐《ご》味《み》を楽しんだ。

毎日が大型連休の人生を持て余して、環状線の常連となった頃と比べて、なんという充実した時間であったことか。

同行した常連や女性たちも、これ以上はない満足を味わっているようである。

茶道の元祖、千利休が茶の湯を大成し、茶名を高め、大名たちが争って弟子入りをしたことに脅威をおぼえた秀吉は、彼に切腹を命じた。

生まれの卑しい秀吉は、信長の挫《ざ》折《せつ》に乗じて天下を取っただけに、自分を超越するような名声を得た者に嫉《しっ》妬《と》と脅威をおぼえたのである。

利休が残した茶の湯は、秀吉が家康に天下を奪われた後、表・裏・武者小路《むしゃのこうじ》の三千家に引き継がれ、今日に茶の湯の伝統を伝えている。

太平洋戦争で破壊されかけた日本文化だが、本当の茶の道が今日に伝わっているのも、戦後七十年にわたる永久不戦の誓いの賜物《たまもの》であろう。

後に井伊《いい》直弼《なおすけ》が『茶湯一会集《ちゃのゆいちえしゅう》』に記述した「一期一会」をおもいだした。

——幾度おなし主客交会するとも、今日の会にふたゝひかへらさる事を思へハ、実に我一世一度の会也、去るニより、主人ハ万事ニ心を配り、聊《いささか》も麁末《そまつ》なきやう（中略）実意を以て交るへき也、是を一期一会といふ——

まさに今日の茶会は、一期一会の会合であった。それだけに感動は大きい。私製の正義は、完璧《かんぺき》な空間の中の一服の茶に比べると冴《さ》えない。冴えないだけではなく、退屈しのぎになってしまう。

芭蕉から学んだ「不易流行《ふえきりゅうこう》」に、利休が残した「和敬清寂」、「一期一会」をもって、今後の深海の寓話《ぐうわ》を磨いていかなければならない、と鯨井は心に銘じた。

笹本綾子の挙式に次ぎ、瑞龍庵の茶事に招ばれて、鯨井以下常連衆は、これまでの私製正義の実現から少し考え方を変えようとしていた。

かたちを重んじる茶の湯は、人生のかたちを重んじ、人生の究極を追求している。茶道は一人ではできない。仮に無人島で茶を一杯飲んでも、それは茶道ではない。それは喉《のど》の渇きを癒《い》やす機能にすぎない。

ファンクションとして一人で飲む茶に、かたちは要らない。

機械文明の飛躍的な発達によって、人は便奴《べんど》（便利の奴隷）になって、かたちを追わなくなった。追うものは利便性だけである。

そこに我が儘《まま》や、機動性や、犯罪などが蔓延《まんえん》してきて、それを当たり前とおもうようになる。便奴は非人間化し、茶道というかたちは人間に人道（理想）をおしえる。

旧友武田に招ばれた茶会から、鯨井は前半生を顧みて、道ではなく、便奴、あるいは社奴（会社や組織や集団、あるいは権力や国家、独善、親など）の敷設した軌道に強制されて乗ってきたと気づいた。

茶人は、「和敬清寂」の茶道を人生のかたちとして精進している。

鯨井は、今からでも遅くはないとおもった。

人生が変わったのではない。便奴から人間の道、人間性の本来に戻ったのである。

鯨井は、環状線の常連グループを解散しようかとおもった。

茶道が一人ではかたちを完成できないように、常連グループも一人では、たとえ私製であっても正義の実現ができなくなっていた。

そしてその実現こそ鯨井以下常連グループの挑戦であり、茶道が追求する〝かたち〟の完成から学んだ人間の道である。

難しく考えることはない。完成された時空の中の一服の茶からおしえられた人生のかたちである。

定年退職して、なにをしても、なにもしなくてもよい自由の大海に臨んで、時間を持て余していたが、今やどんなに時間があっても足りないような、人間のかたちの完成を追求する永遠の道の旅人になった気がした。

常連の一同や、柚木雅子、福澤民子なども、新しい人生に臨んだような新鮮な表情になっている。

そんな折にニュースが入った。

前川道雄を轢《ひ》き逃げした加害車両が、棟居ら轢き逃げ捜査班のしらみ潰《つぶ》しの車当たり捜査の結果、絞りこまれた。

加害車両の所有者は、植木職人、岩木稔《いわきみのる》であることが判明した。

加害車両の所有主が著名な庭園師岩木稔と聞き、鯨井はおもいだしたことがあった。

瑞龍庵の移築の際、岩木稔も移築作業に参加を申し出たが、武田は、彼の独断的な姿勢に懸念をおぼえて作業から外していた。

岩木は多数の弟子を持ち、政財界要人たちの私邸に出入りして、庭の維持《メンテナンス》を担当している。

だが、岩木は、前川道雄が轢き逃げされた当時は明確なアリバイがあり、また岩木自身がその車に乗ることはほとんどなく、弟子たちに作業車として委《ゆだ》ねていた。

被害者前川道雄は、与党の資金源倉田栄一郎（菱井グループ）の金庫番として政・財の癒着を詳しく知っている。

知りすぎた前川の態度に脅威をおぼえた倉田が、交通事故を偽装して殺害した疑いが濃厚であるが、依然として確たる証拠が見つからない。

東京地検特捜部も捜査している政財界癒着から怪しげな臭いを嗅《か》ぎつけたらしく、動きだしている。

彼らは警察の刑事のようには足はあまり動かさず、帳簿や数字から悪を追及する。

岩木所有の加害車両が前川を轢いたとき、黒服集団の一人が運転していたことを福澤民子が目撃している。

加害車両の運転者が必ずしも犯人とは限らない。背後に隠れているクライアントが命じたにちがいない。

運転を担当した黒服の一人は、クライアントに会ったこともないだろう。

このとき鯨井の意識に閃《ひらめ》いたことがあった。

彼は直ちに棟居に電話をし、被害者の衣類が保存されていることを確認して、閃光《せんこう》のように走った着想を伝えた。

棟居は速やかに前川道雄の衣服を科警研《かけいけん》に持ち込み、付着している微物の鑑定を依頼した。

科警研によるミクロの科学捜査の結果、藤とハナミズキの微片および、スミチオン乳剤、オルトラン液剤、サンヨール、アクテリック乳剤、マシン油乳剤、スミソン乳剤等の殺虫殺菌剤が検出された。

スミチオン乳剤、オルトラン液剤は、ツツジ、シャクナゲ、サザンカ、椿、ヤマモモ、サルスベリ等につくツツジグンバイムシ、チャドクガ、アブラムシ、コガネムシ等に使用され、サンヨール、アクテリック乳剤はハダニ、マシン油乳剤はカイガラムシ、スミソン乳剤は梅につくアブラムシやコガネムシに使用される。

科警研の鑑定を受けた棟居は、速やかに岩木稔の弟子たちが担当する庭を捜査した。

その結果、検出された薬品が害虫駆除に使用されている庭が割り出された。

庭の主《あるじ》は民友《みんゆう》党の幹事長磯崎直義《いそざきなおよし》である。第三派閥の領袖《りようしゆう》であった現首相を第二派閥と合流させ、政権を奪《と》らせた功労者として、与党内で圧倒的な勢力を誇っている。

党内で磯崎軍団と称《よ》ばれるほどの戦力だけではなく、倉田財閥と結んだ強力な資金源を踏まえて総理を操っている。

つまり、政権の基本的な構造となっている金権は磯崎が握っている。

棟居が捜査した結果、倉田栄一郎社長と前川道雄の間にトラブルがあったことがわかった。

政権を支える磯崎金脈の源は、栄一郎の父親、倉田徳一会長が指揮する菱井グループであり、政権はその反対給付として国有地の払い下げや土地の買い占め、商圏の拡大など、さまざまな利益提供を重ねている。

会長の息子・栄一郎社長よりも、グループの金庫番として実権は前川が握っていた。

前川は政権と癒着した菱井グループの金脈にまつわる利益提供に伴う土地転がしや、金転がしの実態に精通しており、政財界の秘密を知りすぎていた。

そして日本の経営に関わる政・財の核融合のような癒着に超接近した前川は、一介の秘書から菱井グループの最高経営者会議に列席できるまでに擡頭《たいとう》した。

前川は、その一言によって政財界を揺さぶる実力を蓄えていた。

前川の所属する財閥本家よりも、政権のほうが彼を脅威として見るようになった。

前川の存在は、政権の生命線ともいえる大企業に発生したガンのように見られていたらしい。

つまり、ガンの摘除は政権からの密命ではないか。まさかとはおもいながらも、政権の庇護《ひご》を受けて商圏を拡大した大企業を敵に回せば、政権の運営は危うくなる。たかが一企業の秘書ふぜいを恐れたのは、いつの間にかその位置で恐るべき破壊力を蓄え、政権の運営を揺るがしかねなかったからである。

棟居の内偵に並行して、東京地検も密《ひそ》かに動いていた。

警察と検察では、捜査技術が異なる。強盗殺人、詐欺・横領、贈収賄、脱税などの凶悪犯や知能犯事件では、容疑者をまず公正中立の立場を踏まえて追及する。

だが、政・官・財の絡む不正の捜査は、上層部からの圧力がかかり、時には捜査そのものを潰されることもある。

政・官・財の暗い癒着から発生する汚職や横領、脱税などの権力に伴う知能犯事件では、警察は容疑者そのものを追う。

これに対して検察は、帳簿や記録を重視する。つまり、人間よりは、特に数字から不正・犯罪を摘発するのである。

両者の関係はスムーズにはいかない。そんな中で、棟居は東京地検特捜部の古谷《ふるや》とは馬が合い、時どき赤提灯《あかちょうちん》で盃《さかずき》を交わしながら情報交換をしていた。

検察の、「相手がだれであれ、疑いがあれば捜査する」という姿勢は、法務大臣の指揮監督下にある。

また、政権の汚職解明に警察がどんな姿勢をとっても、行政（強制）権力の指揮下にあるのである。

以前、与党幹事長の財界からの巨額の収賄容疑に対する逮捕請求が、法務大臣の指揮権発動によって握《にぎ》り潰された。

圧倒的に多額の政治献金は、ほとんど財界から出されている。そこに巨大な腐敗が生じるが、これの解明機関が政権の下位に置かれているのである。

東京地検特捜部の古谷の指揮の下、二十数名の検事が浜松町《はままっちょう》にある倉田（菱井）グループ本社に踏み込んで、トラック二台分の書類を押収した。

棟居が所属する捜査一課は凶悪犯罪担当であり、贈収賄・詐欺・横領などの経済犯罪は二課が担当する。

だが、経済犯罪と凶悪犯罪がつながっていれば、あまり仲の良くない両課であっても、人間関係が物を言う。

捜査の端緒は、警視庁捜査一課のOB、棟居の大先輩である鬼鯨と称ばれた鯨井からもたらされた。

棟居の捜査によって、当初、交通事故死と見られた前川は殺害された疑いが濃厚になり、重大不申告事件（轢き逃げ）を担当する捜査班とタイアップした結果、被害者と政界との癒着が浮上して、大規模な疑獄事件に引火していったのである。

特捜部が菱井グループ本社から押収した書類から発見された前川の手帳には、政権の要人への贈賄や接待ゴルフ、宴会、使途不明金の金額などが克明にメモされていた。

鯨井からの連絡と併せ、棟居はこれを殺人事件とにらんで追及していたのである。

こうして、被害者が死亡時に着ていた衣服から検出された薬剤が、倉田社長宅と同じ庭師が出入りしている磯崎幹事長の私邸の庭に発生する害虫に対応する薬剤とぴたりと一致した。

棟居が、出入りの庭師中口昇一《なかぐちしょういち》に任意同行を求め事情聴取した後、まずは倉田社長の任意出頭要請が決定されたのである。

任意性を確保するために所轄署に呼ぶことを避け、最寄りのホテルの会議室に出頭を要請した。

政財界に圧倒的な発言力を持つ倉田社長の事情聴取とあって、警察側も緊張していた。相手が相手だけに、上層部からの圧力が予想されていたが、殺人事件の捜査とあれば、上層部といえども下手な雑音（圧力）は出せない。

聴取は、事件の発端から担当した棟居が当たることになった。

「ご多忙の御身、ご出頭願い、恐縮です」

と棟居が聴取の口火を切った。

「警察から呼ばれるのは初めての経験だが、私でお役に立つことがあれば協力します」

と倉田社長は、大物として余裕を示すように言った。

「ありがとうございます。それでは早速お尋ねしますが、倉田さんのご自宅には大変結構なお庭があるそうですね」

「自慢するほどの庭ではないが、庭を見ているとストレスが解消されます」

「つきましては、秘書の前川道雄さんがお庭見学にいらしたことはありますか」

「私は仕事を自宅に持ち込むことは好まないので、急用でもない限り、社員を自宅に呼ぶことはない。おおむね用件は電話で済ませる」

「おおむねとおっしゃいますと、急用のときはご自宅に呼ばれましたか」

「何度か呼んだことはあるが、最近はない」

「最近とおっしゃいますと、前川さんが轢《ひ》き逃げされた頃は、ご自宅に呼ばれたことはありませんか」

「ないね」

「最後に、前川さんがご自宅に来られたのはいつ頃でしょうか」

「昨年の末だった。年末年始の休暇を利用して、家族と共にハワイへ行った。その前に幾つか用件があって自宅に呼びました」

「つかぬことを伺いますが、お庭の手入れはいつ頃なさいますか」

「年間二回。春と秋に庭師を呼んでいます」

「お出入りの庭師は、中口昇一と聞いております」

「ほう、よくご存じですな」

倉田社長が驚きの色を面《おもて》にあらわした。

「どうして中口が私の家の庭に出入りしているのを、ご存じなのか……」

倉田は少し震える声で問うた。

「中口自身が、倉田さんのご自宅のお庭に出入りしていることを話しました」

「中口を、なぜ知っているのですか」

「目撃者がおりまして、前川さんが轢き逃げされたときの加害車両に中口昇一が乗っていたと確認したのです」

「なるほど。しかし、その中口が轢き逃げしようとしまいと、私には関わりありませんが」

大物を気取ってゆったりと構えていた倉田の顔色が、少し改まっている。

「それが、関係があります」

「庭師が私の家の庭に入ろうと入るまいと、私には関係ない」

「前川さんが轢き逃げされた当日、中口は倉田さんの家の庭の手入れをしていました」

「私は、呼んだおぼえはない。あらかじめまとめて依頼している手入れ日に来たのではないのか」

「倉田さんが、庭の手入れ中ご自宅におられたことは、中口自身から確認しています」

「自宅にいつなんどき、いたか、そんなことはいちいちおぼえておらんよ」

「倉田さんはお忘れでも、中口はおぼえています」

「それは中口の勝手というものだ……私は忙しい。そんな無駄話につき合っている暇はない。失礼する」

倉田は椅子から腰を浮かしかけた。

「その場には中口の親方である庭園師、岩木稔がいました」

「岩木が弟子の中口と一緒にいても、不思議はあるまい」

倉田は浮かしかけた腰をふたたびおろした。

「その日、あなたの家の庭に、藤とハナミズキが新たに植えつけられました」

「それがどうしたというのだね」

「前川さんが轢き逃げされた当夜の衣服から、藤とハナミズキに取りつく害虫の殺虫剤が検出されました」

「ははは。それがどうしたというのかね」

倉田は少し余裕を取り戻したような面になった。

「藤、ハナミズキだけではありません。同じく中口の担当する民友党の磯崎幹事長の屋敷のお庭にはツツジ、シャクナゲ、サザンカ、椿、ヤマモモ、サルスベリ、梅がありま す。そして、それぞれの庭木に取りつく害虫の殺虫剤であるスミチオン乳剤、オルトラン液剤、サンヨール、アクテリック乳剤、マシン油乳剤、スミソン乳剤等が検出されています」

「ははは、ますますおかしくなってきたね。磯崎先生の庭に何が植えられていようが、私には関係ないだろう」

「中口が出入りする他の庭を調べたところ、磯崎さんの庭にある七種類の庭木すべてが揃った庭はありませんでした」

「それがどうしたというのかね」

倉田の面がふたたび不安の色に塗られた。

「ハナミズキと藤が植えつけられたのは、轢き逃げの当日です。庭園師・岩木と中口が注文の庭木を運び、庭の手入れをしました。そこで倉田さんから、轢き逃げを偽装して前川さんを殺害するように命じられたのです。岩木たちはその足で磯崎幹事長の庭も手入れし、前川さんを誘《おび》き出す計画を伝えています」

「邪推もいいかげんにしたまえ。そんな庭木や、殺虫剤が一致したからといって、前川を轢き逃げに偽装して殺したなどと、どうして決めつけられるのか。これははなはだしい侮辱であり、名誉毀損《めいよきそん》だ。弁護士を呼ぶ」

倉田社長はふたたび腰を浮かした。

「どうぞ。お呼びください。すでに、中口は岩木から命令を受け、岩木は倉田さんから命じられたと自供しています。

それだけではありません。捜査令状を取り、倉田さんの専用車を調べたところ、事件当日に運び込まれた藤とハナミズキの微片が検出されました。つまり、倉田さんが当日、庭木移植時に自宅におられたことは確かです」

「ばかばかしい。それがどうして、私が偽装轢き逃げを指示したという証拠になるのか」

「実行者の中口昇一が自供しています。あなたは、前川さんを偽装轢き逃げの現場に誘い出しています。轢き逃げのあった地点で待つように、第三者を通じて命じています。その第三者は磯崎直義幹事長の私設秘書・根本《ねもと》さんで、前川さんは、秘匿資金をそこで根本秘書に渡したのです。秘匿資金の受け渡し後、中口昇一らが前川さんを轢きました。検察が押収した根本秘書のメモの中に、前川さんと根本秘書の接触日時と場所が記入してありましたよ。根本秘書も、まさかその地点が、前川さん轢き逃げの地点に利用されるとは、おもっていなかったようです。

それを目撃されたのは、抜かりましたね。当日、たっぷりと殺虫剤を浴びた岩木の車を、加害車両に利用したのも手落ちでした。

殺虫剤の付着した加害車両は、前川さんに存分に接触して、その衣服に殺人の証拠を十分に移植したのです。どうぞ弁護士を呼んでください。すでに逮捕状は発付されています」

鯨井は、倉田栄一郎社長逮捕の報道に接して、驚いた。逮捕理由は殺人教唆《きょうさ》である。

しかも、倉田社長の逮捕には、磯崎与党幹事長の関連が疑われている。倉田社長の秘書・前川道雄が轢き逃げされたのは闇献金を磯崎幹事長の私設秘書・根本英二《えいじ》に届けた帰途で、加害車両の同乗者が倉田社長の私邸に出入りしている庭師であることが判明した。

鯨井が驚嘆したのは、前川の衣服から、立ち入っていない庭の木に使われた殺虫剤が検出されたことから、倉田社長、そして被害者が生前接触した与党幹事長の私設秘書を経由して、磯崎の周辺にまで捜査の網を拡《ひろ》げたことである。

政治資金は、ほとんど財界の利益から補給される。権力の亡者を支える派閥を拡げるためには、資金源を拡大しなければならない。

多数の子分議員を養うためには、資金源の確保が絶対的な必須《ひっす》条件となる。

どんなに大きな野心を持っていても、資金源のない権力追求者は大物になれない。金あっての権力であり、豊かな資金源を持つ親分の下には、有力な子分たちが集まって来る。

そして、資金パイプにつながれた政財界の、ギブ・アンド・テイクの癒着が強くなっていく。

こうして棟居は、轢き逃げを発端として、政界の老人の関与という腐食の構造にまで肉薄したのである。

おそらく私設秘書・根本英二までは逮捕状の効果は及ぶであろうが、磯崎と根本の間は切断されているにちがいない。

今後、磯崎に東京地検の手が伸びたとしても、せいぜい政治資金規正法違反までが限界であろう。

倉田栄一郎社長の逮捕にしても、選《え》り抜きの弁護士が集まり、起訴猶予となるとおもわれる。

倉田・磯崎両私邸の庭木の種類、及びその害虫防除の対応薬の分析結果だけでは、不動の証拠とはならず、殺人を実行した庭師の証言は安定していない。

捜査の末端に連なった秘書の容疑も、磯崎幹事長に直結しない。

むしろ政界の大物への容疑も、証拠不十分として、政策的見地から起訴猶予となる可能性が高い。おそらくは倉田社長の贈賄罪だけの起訴に止《とど》まるであろう。

鯨井以下常連たちの私製正義では、政財界の癒着から発した殺人容疑を確定できない。

だが、身におぼえのある傷口を突かれた政財界の主役は、震え上がったにちがいない。

私製正義の製作者たちにとっては、十分である。

政財界を結ぶ政治献金は、資本主義を支える絶対的な礎《いしずえ》である。鯨井以下常連たちも、その政治体制の下で生きている。

ロマンティックな正義を基本としていては、社会そのものが成立しない。

「メシア」で祝杯をあげながら、リタイア後の自由を勝手に飽食している鯨井以下のグループは、正義のおこぼれを食っているともいえる。

少なくとも、正義のおこぼれは、悪のおこぼれよりは甘《うま》い。

そして、アウトサイド（自分以外の人間やシステム）のために半生を費やした鯨井グループは、その報酬として、後半生にインサイド（自分ひとり）のための自由をあたえられた。インサイドには使命も責任も義務もない。あるのは、自由の飽食だけである。

「しかし、どんなに飽食しても、あきることはないな」

鯨井の言葉に常連たちがどっと沸いた。

「でも、私は、まだ前半生の鎖に縛られていますわ」

メシアの集会に参加するようになった柚木雅子が言った。

「私もまだ前半生のチェーンに縛られています。山のガイド中にも鎖があります」

福澤民子が雅子に同調した。

「鎖が重くなったら、茶会に出なさい」

北風の言葉に一座が再び沸いた。

第八章　獲物になる陰供

リタイア後、棟居刑事との再会は、鯨井に衝撃的な刺激をあたえた。

権力の犯罪は、おおむね政治献金から始まり、巨大な権力を悪用した知能犯罪がほとんどであるが、組織的な汚職に巻き込まれた下級の役人が犠牲となり、上層部は涼しい顔をしている。腐敗汚職の犠牲者は、全責任を背負わされて自ら生命を絶つケースが多い。

自殺ではあっても、政・官・財癒着しての腐敗を、権力の末端、最下級の役人に押しつけた組織的な殺人といえる。

だが、前川の死は明らかな他殺であり、政治的腐敗・汚職から発している。警視庁や東京地検特捜部が動き始めたことに驚愕《きょうがく》した政権は、関係機関を総動員して捜査を食い止めたのである。

結局、轢《ひ》き逃げの加害者、庭師がすべての責任を押しつけられて、一件落着という形である。

歯ぎしりをしている棟居の顔が目に見えるようである。

棟居も結局、政権の末端に連なっていて、権力の命令を拒否できない。

だが、私製の正義と異なり、刑事魂の結晶のような棟居が、このまま引き下がるとはおもえない。

リタイアした鯨井には捜査権はないが、棟居の無念は自分のことのようにわかる。

今は、その時期ではない。

権力の構造は難攻不落である。権力の中枢を震撼《しんかん》させただけでも、もって瞑《めい》すべしである。

政権を震撼させた震源は鯨井である。それだけでも、昔取った杵柄《きねづか》が役に立ったとおもえばよい。

折から、気になる事件が連発した。鯨井の住居がある地域で、認知症の老人が相次いで行方不明となった。

市役所から行方不明者の名前、年齢、特徴、服装などを放送して、該当する老人を見かけた市民は連絡するように、と呼びかけていた。

市役所のアナウンスを、なにげなく聞き流していた鯨井は、外出して行方不明になった老人たちに、四つのタイプがあるのに気がついた。

タイプ一は、午前中に家を出て、夕方に市民に発見されて帰宅する。

タイプ二は、数日帰宅しない。

タイプ三は、踏切で電車と接触して死亡。

タイプ四は、長期間消息を絶つ。

これら四タイプのうち、タイプ二が最も多い。

市役所に問い合わせたところ、タイプ一は、家を出た恰好《かっこう》のまま通行人に発見されて、無事帰宅。

タイプ二は、家を出るとき所持していた財布や、身につけていたアクセサリーや貴金属類は、発見時、すべて消えている。

タイプ三は、目撃者によると、猫や犬を追って、閉鎖中の踏切内に入って電車と接触。

タイプ四は、家出したまま長期間消息不明をつづけて、自宅から歩いては達せられないような遠方の駅や公園や路上で衰弱して発見される。タイプ二と同じように所持していたはずの財布やアクセサリー類は、すべて消失している。

というものであった。

鯨井は、市役所の家出老人捜索経過報告書を睨《にら》んでいる間に、恐るべき連想が走った。

（これは、もしかすると、老体を獲物にしている悪《ワル》の仕業ではないか。それも一人ではなく複数、あるいは集団で、老体を狙っているのかもしれない）

在宅中の老人たちを標的とした、「振り込め詐欺」や、上がり込み詐欺（独り暮らしの老人の家に上がり込み、色仕掛けで財産を詐取する）の被害者が続出して、警戒が厳しくなり、外出中の老人を狙い始めたのではないのか。

鯨井は、自分の推測を常連たちに諮《はか》った。常連たちも、鯨井の意見を肯定した。

「我々も、あと十年もすれば奴らに狙われる。人生を一生懸命生きてきた老人を、色仕掛けや、振り込め詐欺だけではあきたらず、散歩中に狙うとは、卑怯《ひきよう》な奴らだ。老体を獲物にするだけでも許し難い連中だ。

もしかしたら、獲物にした老人たちに顔を見られて、おもいだされることを恐れて、踏切へ押し出したのかもしれない」

「散歩に出たご老体の陰供《かげとも》をしますか」

忍足が問うた。すでにその気になっている。

「いや、陰供ではない。我々が獲物になる」

鯨井が答えた。

「我々が獲物に……つまり、我々が散歩中の老体に化けて、奴らをおびき出すのですか」

万葉が問うた。

「そのつもりだ。足腰がしっかりしている間に、奴らをおびき出し、突き出すべき場所に突き出してやる」

常連たちは、鯨井の新たな私製正義の提案に全員賛成した。

「早速、明日から始める。まず年増《としま》に化けよう。メイキャップの名人に依頼して、少なくとも十歳は老けている金満老人に化ける」

「私、天才的なメイキャップアーチストを知っています。彼に頼めば、なんにでも化けられます」

居合わせた福澤民子が言った。民子の推薦であれば信頼できる。

早速、表参道《おもてさんどう》の裏通りにあるメイキャップアーチストの店「ダンディ」に行った。

まず、十歳高齢化するために髪を白く染める。ファッションは年寄りっぽく、衣服はスキャバル生地のオーダースーツを着用し、ネクタイはエルメス、フェンディ、ルイ・ヴィトン、クリスチャン・ディオールなどである。

袖口《そでぐち》からわずかに覗《のぞ》く時計はパテックフィリップ、カルティエ、ロレックスなど、靴はいずれもイタリア製である。

天才的なアーチストの手によって、一目見て、一分の隙もない金満老人、それも成り上がりではなく、品格のある老人のグループとなった。

「これならば、どこから見ても、おいしそうな老人だ。一緒に歩いていては貫禄《かんろく》の差で、敵も迂闊《うかつ》に手を出せないだろう。二人一組となって行動しよう」

鯨井の指揮によって、第一班が鯨井・北風、第二班が忍足・笛吹、第三班が万葉・井草の三班に編成された。

福澤民子と柚木雅子が手分けして、市役所に、六人の老人が外出したまま帰宅しないと訴えることにした。その前に鯨井は化け老人全員の服装の特徴を伝えてあった。

適当な間隔を置いての六名の家出老人の消息不明の報告を受けた市役所は、まだスタンバイに入っていない。

朝の散歩は季節の交代時がよい。早すぎてはまだ夜の名残がたゆたっており、人の姿もせいぜい新聞配達員くらいである。

街角に澱《よど》む夜の影が、東の方から侵略してくる昧爽《まいそう》の明かりに乗って、朝靄《あさもや》と交代する。

光と闇が替わるトワイライトと異なり、朝の曙光《しょこう》の侵略は速い。その速さを緩和してくれるのが朝靄である。

季節によって靄の濃度や発生有無が異なるが、季節の交代時の朝靄は最も情緒が深い。「新聞配達員の後から、日課をこなすジョガーや〝犬の散歩〟がついてくる。まだ通勤者の姿は現われない。

競歩するような通勤者が増えてくると、忙しくなり、情緒が損なわれる。トワイライトと異なり、朝は独占度が高いほどよい。

現役時代の鯨井は、自宅のベッドの中で一番鶏の声を聞きながら貪《むさぼ》っている春眠を突然の呼び出しで破られ、現場へ駆けつけるとき、早朝の情緒など、まったく感じなかった。

犯行の現場が凄惨《せいさん》であればあるほど、刑事にとってはいい現場である。

被害者の数が多く、犯行手口が残酷であればあるほど、刑事の意欲は熱く燃えてくる。そして「現場百回」と言われるくらい、現場には犯人に結びつく証拠が残されている。証拠資料の宝庫とも言える。

鯨井にとって、現役とは「血のかおり」である。そして血のかおりの源を、徹底的に追及する。

四季の交代や、一日の味爽からトワイライトを経て深夜までといった、ロマンティックな情緒を追う暇などはなかった。

そしてリタイア後、無限の自由時間をあたえられて途方に暮れたが、環状線の常連と出会ってから、情緒の真髄がわかりかけた。それこそ人生後編の恩恵である。

リタイア当時は朝起きるのが辛《つら》かった。今日という一日を、どう過ごしてよいかわからない。自由が恐ろしかった。

だが、今はちがう。充実しすぎた自由は、時間が濃厚になり、一分一秒も停止することのない時の流れが、もったいなくなる。

自由を持て余した当時は、自由を呪ったものであるが、現在の充実した自由においては、時間の経過が速すぎるようにおもう。

現役時代は犯人を追って充実していたが、それはアウトサイドからの充実であった。インサイドから泉のように湧き出る自由をエンジョイしていると、まさに時間の経過が速すぎる。それだけに一分一秒を大切にする。

ようやく長い冬将軍が後退して、春のかおりの先兵として、どんな平凡な街角にも沈《じん》丁花《ちょうげ》の気品のあるかおりが、春を待つおもいを一斉に放散したかのように立ちのぼる。梅を経由して桜が散り、木蓮《もくれん》やハナミズキなど春の花が街を彩る。

金木犀《きんもくせい》から始まる秋の入口もよいが、晩春から初夏につづく季節の交代は、生命力に溢《あふ》れていて、街や野や山を彩る濃厚な色はややしどけなく、パワフルである。

暗いうちにベッドから離れ、すでに「ダンディ」でメイクを施されたスタイルで〝武装〟し、あらかじめ申し合わせていたスポットに集合して、悪魚の釣り《フィッシング》に出発した。

「油断しないように。敵にとって我々はおいしい餌に見えるだろう。敵は複数で襲ってくるかもしれない。ゴー・サインが出るまで認知症を装え。初回については獲物が現われないかもしれない。セカンド、サードコールもある。まずは朝の散歩を楽しもう」

鯨井の出発、あるいは出撃に際しての訓示を聞いて、常連たちは三つの方位に分かれた。

朝靄はまだ晴れていない。新聞配達員とすれちがい、遊歩道でジョガーに追い越され、暁闇《ぎょうあん》から味爽の曙光によって色彩が識別できるようになると、犬の散歩が増えてくる。

早起きの通勤者が姿を現わすと、靄の彼方《かなた》から始発電車の走行音が伝わってくる。味爽の情緒はたちまち消散して、働き蟻が一斉に駅に向かって行列をつくる。その行列と反対の方角に向かえるのは、〝自由人〟の特権である。

柚木雅子と福澤民子からの連絡は市役所に届いているはずだが、家出した老人たちの捜索協力の放送はまだ行われていない。家を出たばかりの老人たちは消息不明になったわけではない。

敵にしてみれば、市の放送による市民や通行人の捜索協力が始まる前の〝自由時間〟

が、餌を食うベストタイムである。

朝靄は晴れかけて、すれちがう通勤者の数が増えて、街は春眠から覚め始めている。

商店街は、シャッターを下ろしており、客はいない。カフェもまだドアを閉じている。

三組に分かれた老紳士たちは、街が半分眠気を残している環境に繰り出した。故意に年寄りっぽくしたスタイリッシュな服装が、さまになっている。すれちがった通勤者たちが半分驚き、半分感心したような視線を向けていく。

ヘビィで、毎日繰り返しの仕事に縛られている通勤者たちは、早朝から隙のないスタイリッシュな金満老人の散歩に、羨望《せんぼう》の視線を向けているのである。

彼らは自分が定年を迎えたとき、果たして鯨井たちのように、朝の豪勢な散歩を楽しめるだろうか、という不安に揺れているようである。

現役の通勤者は社会に参加していて、ドロップアウトではない。

だが、世界的な構造不況によって、一流会社の社員たちも生活を保障されていない。いつリストラの的にされて、社宅や社員寮から追い出され、路上生活者に落ちるかわからない。

天下泰平の頃には、最終学校から就職して、定年までの生活を保障されたが、今は昔語りとなっている。

現役は今や、綱渡りである。

早朝の通勤者は、昨日と同じ今日、今日と同じような明日の繰り返しであろう。重《ヘビィ》く、単調であり、仕事に馴《な》れてはいても、新鮮な刺激はない。

だが、毎日が同じ作業の繰り返しのほうが、生活は安定している。

朝靄の路上ですれちがう老いた自由人と通勤者は、一期一会ではあっても、日常の出会いにすぎない。

考えてみれば、日常のある人間はハッピーである。不幸な人間には日常はない。

極貧や、病気や、失職や、倒産、犯罪被害などによっても、日常が失われているが、その最たるものは戦争である。

ひとたび戦争が勃発《ぼっぱつ》すれば、敵に殺される前に、国家から軍事力の補給源として、人生の自由を奪われてしまう。

国民に自由を許していては、戦争に勝てなくなる。そして男子は戦場に駆り出され、家庭は崩壊する。

自由を持て余していた鯨井グループは、通勤者とすれちがう日常の朝に幸福をおぼえていた。

だが、通勤者が、同じように幸福であったかどうかはわからない。

現役後の常連グループは、現役より人生の持ち時間が少なくなっているが、自由の感度は、現役よりも圧倒的に高い。

その朝は、朝靄の情緒を楽しんだだけで、金満老人を狙うハンターは現われなかった。

携帯で福澤民子と柚木雅子に連絡を取り、早朝から開店しているカフェで合流した。

朝靄はすでに晴れていたが、カフェには、まだ朝のかおりが残っている。多少時間にゆとりのある通勤者は、モーニングサービスをオーダーし、早起きの老人が余裕ある姿勢で新聞を読んでいる。

カフェの顔馴染《かおなじ》みは、居酒屋の「小皿叩《たた》いてちゃんちきおけさ」のような常連と異なり、黙礼や朝の挨拶《あいさつ》は交わしても、それぞれボディテリトリー（適当な距離）をおいている。そこがまた都会のカフェの居心地の良さとなっている。

もう少し早い時間に来れば、常連の数は少なく、新しい客が雪を払い落とすように朝靄を払い落とす形で入って来る。

朝靄の匂いを、ストレートの珈琲《コーヒー》の香ばしいかおりが消す。常連グループは迷いなくマンデリンをデミタスでオーダーした。

店の者も以前立ち寄った鯨井の好みをおぼえていた。出される前の待ち時間が、店内の心地よい緊張である。

彼らよりも一足先に〝指定席〟に着いていた先客は、スタイリッシュな鯨井グループの洗練された立ち居振る舞いに驚いたらしい。

その先客は、鯨井グループほどにはスタイルを決め込んでいないが、品のよい普段着をまとい、鯨井らのオーダーと同じ珈琲のかおりをじっくりと楽しみながら、カフェの雰囲気を味わっている自然体が洗練《リファイン》されている。年齢は、鯨井一行とほぼ同じのようである。

ゆったりとモーニングサービスの珈琲を楽しんだ先客は、鯨井一行に会釈をして店から出て行った。

先客が立ち去った後、鯨井は、尋常の常客ではなさそうな様子が気になって、マスターに、

「ただいまの先客さんは、以前、どこかでお目にかかったような気がするのですが、ご近所の方ですか」

と問うた。

マスターは束の間、返答を保留してから、鯨井の雰囲気を見て信頼したらしく、

「ご近所の名医先生です。この街の住人は、先生に生命《いのち》を預けていますよ」

と答えた。

「道理で。ただの方ではないとおもいましたよ」

「この町内にも、先生に生命を救われた人が何人もいます」

と、マスターはつけ加えた。

「この町内にも、というと、他にも多数救われた人がいるわけですね」

「国内だけではありません。むしろ海外のほうが、先生に救われた人が多くいますよ」

「海外に……」

「先生は、国境なき医師団に参加して、今も最低限の医療さえ受けられずに亡くなっていく人たちを少しでも救うために、シリア、中央アフリカ、アフガニスタンなどで国境

を越えて医療に携わっています。国内の担当患者を診てまわった後、また近日中に海外に出かけるそうです。私の店の珈琲がとてもご贔屓《ひいき》で、国内患者と珈琲のために帰国するとおっしゃっています」

「国境なき医師団か。世の中には凄《すご》い人もいるねえ。これこそ正義の実現よりも一段上の、人間性の実現だな。我々、頭の黒いネズミを誘い出す金満老人に化けているのが恥ずかしくなったよ」

と鯨井は、言葉の後半を独り言のようにつぶやいた。

国境なき医師団というだけで、どんなに危険な地域でも自らの生命を懸けて、地果て海尽きるまで行く医師に、自由の海で私製の正義の実現を図っている自分たちが、とても小さな存在に見えてきた。

さらにマスターから伝え聞いた先客の言葉によると、現地の大人も子供も常に紛争や暴力の脅威にさらされており、人道援助のニーズは依然として大きいままである。

先客は生命の危機を目の当たりにし、数日後には死んでしまうかもしれないこの子たちを、なんとしてでも助けなければならないとおもい、現地に足を運んでいるそうである。

この言葉に鯨井グループは深い感動をおぼえた。

「余裕があったら、老人の偽装費をまわしてやりたいな」

笛吹が言いだした。

「悪銭をそんな崇高な支援にまわしてはまずいだろう」

井草が言った。

「金満老人偽装費は、悪い資金源ではあるまい」

忍足が言った。

「金満老人を獲物にした連中から直接、現地に送らせてはどうか」

万葉が提案した。

「人道援助の資金としては、もっと悪貨にならないか」

北風がくちばしを挟んだ。

（しかし、医術のない自分たちは、どんなに望んだとしても、医者として国境なき医師団に参加できない。無理をせず、身の程をわきまえて行動するのが、今の自分たちに適《かな》っている）

朝靄《あさもや》が消えてしばらくすると、出勤途上のサラリーマンが店に入って来た。彼らは珈琲を楽しむ余裕はなく、モーニングサービスを急いで胃の腑《ふ》におさめて駅へ走る。

サラリーマンの食欲に刺激されて、空腹をおぼえた鯨井グループは、モーニングサービスで胃の腑を満たした。

慌《あわただ》しくなる雰囲気の中で、悠然と新聞を読みながら珈琲を飲んでいる者は、店の上客であるが、一番乗りの国境なき医師のように、朝靄の情緒と珈琲の味を楽しんではいない。自由時間をつぶしているだけである。

たっぷりと朝靄と珈琲を味わってから、鯨井グループは三組に分かれ、再度、頭の黒いネズミを罠《わな》にかける家出金満老人の、目的地なき散歩を再開した。

スタイリッシュな金満老人に化けた鯨井グループに、通行人の視線が集まった。その視線の中に、金満老人を獲物にしている悪が潜んでいる可能性がある。

彼らがいつ牙《きば》を剝《む》くか。

いつの間にか午後になっていた。

福澤民子と柚木雅子の連絡を受けた市役所は、自宅を出たまま消息不明になった金満老人の服装や特徴を放送し、該当する老人たちを見かけたなら連絡するように、と要請した。

市役所の放送によって、オオカミはおいしい獲物ハンティングを開始したにちがいない。

彼らは獲物を発見したとしても、落日後の暗幕が下りるのを待っているであろう。

トワイライトの光と影の交代時間に差しかかった。鯨井は視線を感じた。

視線の原点はまだ確認できない。尾行に馴れている鯨井は、逆に尾行されている気配を敏感に察知した。それも単数ではない。複数の視線が追いかけている。

鯨井は衣服に隠した携帯から、グループに、尾行に注意せよ、と連絡した。

鯨井は久しぶりに武者震いをおぼえた。昔取った杵柄《きねづか》がよみがえった。

現役時代に、時間を盗んでは道場で剣道や柔道を学んだ。

いずれも有段者となり、犯人の逮捕にあたり、圧倒的な戦力を発揮した。リタイア後もその戦力は衰えていない。

常連も、忍足は忍者の末裔《まつえい》だけあって、身のこなしが圧倒的に速い。

笛吹は、元スタントマンであっただけに、どんな危険に向かい合っても、プロフェッショナルな対応ができる。

万葉は戦場カメラマンとして世界の戦場を股《また》にかけている。

そうとは知らず、オオカミが鴨葱《かもねぎ》（獲物）と思って涎《よだれ》を垂らしながら襲って来るのを、腕をまくって待ち構えている。

すでに六人の常連の特徴や年齢、服装なども地域に放送されている。

腹をすかしたオオカミの群れは、獲物の所在地を経験から割り出しているであろう。

これまで、老人たちが裸にされて発見されたのは公園や、空き地、寺社の境内、放課後の校庭、廃屋などが多い。

オオカミは市域を外れるまでは手を出さない。市域から出れば市役所の放送が届かなくなる。それを承知して、境界線を越えた。

待ち構えていたように、オオカミの群れが鯨井と北風を取り巻いた。いかにも通りすがりの平凡な市民が、迷子老人を発見したかのように、優しい声をかけてきた。

「おじいさんたち、帰り道がわからなくなったようですね。市役所が放送していましたよ。市役所か警察までご案内しましょう」

通行中、迷子になった老人たちを発見して、いかにも市役所や交番や自宅を知っているかのごとく装いながら、人目のない場所へ誘導する。そして裸に剝いてしまう手口である。

オオカミは三匹。声は優しく、中年の平凡な市民のいでたちであるが、目が鯨井と北風の獲物としての価値を量っている。

鯨井と北風は、おとなしくオオカミたちの誘導に乗って、ついて行く。

予測した通り、オオカミグループは、二人を人影のない古寺の境内に連れ込んだ。樹が鬱蒼《うっそう》と生い繁り、小規模の森林を成している。

「じいさんたち、懐が暖かそうだね。結構な衣服だ、じいさんにしてはお洒落《しゃれ》だねえ」

「もうすぐ、お迎えが来るよ。時計を外しな。もう無用の長物だろ」

「三途《さんず》の川を渡るのに金は要らない。財布も置いていきな。棺桶《かんおけ》に一緒に入れても、あの世へは持って行けない」

三匹のオオカミが本性をあらわして、獲物のおいしそうな部位から次々に巻き上げようとした。

「三途の川の渡り賃は必要と聞いています」

北風が答えた。

「ほう、じいさん。三途の川へ行ったことがあるのかい」

リーダー格のオオカミが、にやにや笑いながら問い返した。

「先に行った人から聞いています」

「ほう。携帯にでも連絡してきたのかい」

第二のオオカミが面白がって言った。

「いや、携帯でなくて、医者に救われて、あの世の入口で聞きました」

「そりゃ、すげえや。たしか三途の川の渡り賃は六文、今の金額では百円ぐらいだそうだよ」

「六文でなく、地獄の沙汰《さた》も金次第と言っていました。ですから、いつも財布は持っています」

鯨井が言葉を添えた。

「じいさん、なかなか口達者だね。つべこべ言わずに、さっさと出しな。家では家族が首を長くして待っているよ。俺たちが見つけてやったからよかった。迷子になったら、悪党に骨の髄までしゃぶられるよ」

リーダーは、じれったくなったようである。

彼が顎《あご》をしゃくると同時に、あとの二匹が、鯨井と北風の手首から腕時計を外そうとした。

同時に、リーダーが二人に「財布を出せ」と命じた。

「財布が欲しければやってもいいが、重いよ。財布の中身は高が知れている。老人から財布を強奪した罪は重いよ」

鯨井が、にんまりと笑った。

「つべこべ言わずに、言われた通りにしろ」

リーダーが二匹の子分に顎をしゃくって、二人から、まず腕時計と財布をむしり取ろうとした。

スタイルはよいが、高が金満の老いぼれ、と軽く見ていたようである。

オオカミの手が二人の身体に触れかけた瞬間、二本の杖《つえ》が空気を切り裂いて、三匹のオオカミは瞬く間に叩《たた》き伏せられた。

杖に頼らなければ一人前に歩けない老いぼれと甘くみていたオオカミに、鯨井の手にした銀の握りの英国製のステッキが、居合抜きのように迸《ほとばし》った。まず臑《すね》を払い、返す刀ならぬステッキで、もう一匹のオオカミの腕を打ち据えると、相手はしばらくうずくまった。

三匹は地上に這《は》ったまま声も出せず、立ち上がれない。

「手加減をしてある。少し休めば歩いて帰れるだろう。二度とこのようなことをしないように、記念撮影をしておく。約束を破ればネットに公開する。わかったか」

鯨井が説教している間に、北風が三匹の写真を撮りまくった。強盗未遂の現行犯として警察に突き出すこともできるが、説諭だけで止めた。

「ネット公開だけは、やめてください。二度と繰り返しません」

リーダー格が土下座して頼んだ。他の二匹も後続した。

一同の視線が鯨井に集まった。

「金満老人襲撃オオカミグループは、警察に任せよう。我々が踏み込めるテリトリーは現行犯までで、彼らが吸い取った獲物の甘い汁までは、我々が干渉するエリアではない」

鯨井の言葉が結論となった。

金満老人偽装のために、手首に覗《のぞ》かせた腕時計一つ分でも、生死の境を漂流している複数の難民を救うことができる。

第九章　深海のオアシス

朝靄《あさもや》が晴れて、カフェの空気は、情緒からビジネスに変わっていた。

朝靄の移動と共に人生の新しい一日が始まるが、アウトサイドの働き蟻と違って、一同の一日はインサイドである。

「海外にでも行くか」

「それは、ご勘弁」

鯨井の提案に、常連たちは口を合わせて言った。

海外では異邦人として視線が集まる。たとえ集まらなくとも、言語、飲食物、習慣、文化、宗教、民度、安全度などすべてにおいて、日本と異なり、ストレスが多くなる。

折角、日本で、持て余した自由を共有する仲間ができたのに、再び海外へ飛び出す気力、体力に自信がない。いや、自信がないというより、現役時代ですでに、海外に飽きている連中である。

地平線や水平線の彼方《かなた》へ行ったところで、同じような、あるいはそれ以上の寂しい人生が待っている。

国内で鯨井の主導に従って私製の正義の実現運動に参加しているほうが、よっぽど面白いのである。

鯨井も、言いだしはしたものの、人生第三期に、海外で生命の脅威にさらされている人びとを支援する崇高な運動に挺身《ていしん》するよりも、インサイドにあって支援したい。

鯨井グループの隠れた活動によって、家出老人のオオカミによる襲撃の被害は少なくなったが、老人の家出そのものは減らない。

家出老人の発見や支援にも参加して、発見した老人を家族に引き渡したり、住所がわかれば送り届けたりしても、同じ老人が何度も家出することがある。家族もアウトサイドの仕事を持っていて、老人を四六時中見守れない。

「われわれの力では、すべての家出老人を護《まも》りきれない。できることは、家出老人を食い物にしている不心得者を取り締まるだけだな」

鯨井が言った。

「オオカミを数匹、警察に引き渡しました」

北風が言った。

「あれはセンボウキョウだよ」

「センボウキョウ？」

常連たちが視線を集めた。

「潜水艦の潜望鏡だよ。本体は海中に隠れている」

「だったら、なおのこと警察に任せたらどうですか」

「警察は、海中深く隠れている本体には手を出さない。オオカミどもが実際に動き始めて船体を見せてから、そこで初めて腰を上げる。この潜水艦は老人を食い物にしているだけではなく、おいしい獲物であれば、なんにでも手を出しているかもしれない。現役時代は政財界の要人であった金満老人ばかりが狙われていた。オオカミを一匹だけ、わざと泳がしてある。こいつを見張っていれば、必ず本体と接触するにちがいない。急ぐことはない。オオカミ数匹を警察に引き渡しているので当分は本体も動かない。老人に手を出すのは危ないと察知した本体は、おそらく別の方面に手を出すだろう」

「別の方面とは……」

「海中に潜んで獲物を狙っている本体は、安全性が高く、おいしい獲物を探している。家出老人などは最も安全性の高い獲物だった。それが危険になったので、次に狙うのはなにか。麻薬《クスリ》、殺人《コロシ》の請負、振り込め詐欺、イカサマ博奕《ばくち》、誘拐などには手を出さない。棚ぼた（安全な悪）となると、数は絞られる」

「棚ぼたとは、どんな悪ですか」

常連たちが身を乗りだした。

「積極的慰安婦《ストリート》（放任的人身売買）だよ。女性は食えなくなっても最後に売るものを持っている。街角に立つ度胸のない女性は、悪にとっておいしい獲物だ。獲物は国内だけではなく、海外からも集まって来る。女性専用のマーケットを見張っていれば、必ず潜水艦本体が引っ掛かる」

「そのマーケットは、どこにありますか」

忍足が問うた。

「どこにでもあるが、男の夜の隠れ家に多いな。結構、大物が出入りしている。隠れ家にはコネがある。しばらくは、これを見張っていよう」

「隠れ家というと、飯屋《メシア》にも女のマーケットが立ちますか」

「可能性はある。現行犯で捕らえた潜望鏡以外には、われわれの顔《メン》が割れていないからだ」

「面白そうですね」

常連たちが沸き立った。

「新宿、渋谷、六本木、西麻布《にしあざぶ》あたりの隠れ家を見張ろう。銀座は男のステータスであるだけに馴染《なじ》み優先で、女の市場は立ちにくい」

鯨井が分析した。

常連たち一同は、新たなターゲットを視野に入れて、自由の大海の退屈を埋めた。

環状線の常連として発した彼らは、今や、人生の濃度が一層高くなってくる時間の中で生きる手応《てごた》えを味わっていた。

生きるとは、ただそこにドウグとして存在しているだけではないことを、鯨井は常連たちと共に環状線から降りて学んだのである。

今日の定年は六十五歳、あるいは七十歳まで引き延ばされている。定年イコール「能力の死刑」という言葉も少し黴《かび》が生えてきたようである。それだけ寿命が延びてきたというわけである。

だが、定年が延びてきた分だけ、責任・使命・義務の三点セットも増加して、自由（期間）は短縮されたということになるのであろう。

平均寿命八十年時代に入り、リタイア後二十余年は長すぎるということで、本人の希望もあり、現役が長くなった形である。

それぞれの勝手であるが、折角二十年余の自由を獲得しながら、自らその自由を短縮するのも勿体《もったい》ない気がする。

ともあれ、なにもすることがなく、どこにも行く場所がないのは困るが、会社や組織に自由を束縛されるのは、もう厭《いや》である。

鯨井以下常連たちは、今、人生の中で最も生きがいがあり、そして楽しい時期にある。人生第三期を迎えてはいるが、特に危ない病を背負ってもおらず、明日にお迎えが来そうな気配もない。朝は落ち込むと高齢者から聞いたことはあるが、人間だれしも、いずれはお迎えが来る身である。

どこから来て、どこへ行く身かわからないが、人生は一度限り、無駄のないように生きたい。

常連たちの間でよく出る言葉を重ねて、鯨井は生きるうえでの新たな手応えを探り当てようとしている。

早くも忍足が獲物の臭いを嗅《か》ぎ当てたようである。

「西麻布にある『エンブレム』というクラブでは、新人タレントや女優がホステスとして客を接遇している。客のリクエスト次第で店外でも会っているそうだよ」

「店外交際か」

鯨井は目をきらりと光らせた。

「くさいですね」

井草が鼻を蠢《うごめ》かした。

「以前、新宿界隈《かいわい》には店内で客と見合いをさせて、息が合ったときは店外でなにをしても自由、という店が多かった。最近取り締まりが厳しくなって西麻布の方へ移ってきたと聞いたが……」

「新宿と西麻布では、客の質がちがうな」

「政治家や大手の会社が海外の要人やバイヤーをもてなすために〝特接〟という女性社員を抱えていたのが、最近は社外からプロの女性を呼んでいるそうだよ」

「そのほうがコストも安く、〝特攻隊〟を養っていては社の信用にかかわるので〝外注〟になったのだろう」

常連たちの情報が集まった。

「西麻布には各国の大使館や領事館があるし、外国人や芸能人、銀座で遊び足りない客が集まって来ている」

「その情報は堅そうだな。本体にとっても西麻布は相性が良さそうだよ」

鯨井の目が一点を見すえた。

「よし、エンブレムに網を張ろう」

鯨井は結論を下した。

「特接によって、国際的な会談やビジネスが上手《うま》くまとまることは多い。特接は雲の上の交渉にとって欠かせない潤滑油である」

忍足と井草がエンブレムに潜入した。現役時代によく利用した銀座のクラブの紹介で、会員制のクラブにスムーズに入り込めた。

他にも数店が候補に挙がり、手わけして見張ることにした。

渋谷の「ランターン」も会員制であったが、その方面に顔が広い忍足の人脈の紹介によって鯨井が会員になれた。鯨井は客としてランターンに迎え入れられ、福澤民子はホステスとして採用された。

渋谷は、碁盤の目のような整然として平坦《へいたん》な街並みと異なり、文化村通り、公園通り、センター街、道玄坂などが入り組んでいて、起伏の多い細道が絡まっている。土地勘のない初めての訪問者は絡み合った細道の中で迷ってしまう。

ランターンは、渋谷という谷底の繁華街から少し離れた位置に、まさに隠れ家のように自己主張せず踞《うずくま》っていた。店名も近づかなければ読み取れぬほど小さな看板が出ているだけである。

周辺の繁華街の騒音が遠方からエコーのように聞こえてくる、渋谷らしからぬ置き忘れられたような、ミステリアスな一隅であった。

重厚な樫《かし》のドアは手斧《ちような》で削ったような凹凸が多く、その中央に獅子《しし》の顔を嵌《は》め込んだノッカーがある。ノッカーで合図を送るとほとんど同時にインサイドから開かれ、黒服が鄭重《ていちよう》に迎えてくれた。

店内は意外に広く、入口左手の壁にアップライト型のピアノが置かれ、客のリクエストに応じて演奏される。まだ時間が早いせいか、まばらな客がボディテリトリーを置いて、ホステスと小声で語り合っている。

仄《ほの》かな間接照明の下、客同士が言葉を交わすことはなく、指名したホステスと共に透明なカプセルに入ってそれぞれの世界を楽しんでいるようである。

鯨井が指名する前に、店長かママに指示されたのか、二十代前半と見える素人っぽい女性が鯨井についた。まだ東京の水にあまり洗われていないようである。

「マミと申します。よろしくお願いします」

彼女は紋切り型に名乗った。まだ店に出て間もないようである。

だが、鯨井にとっては、最初からプロに侍《はべ》られるよりは気が楽であった。

何度か通う間にマミは鯨井に懐いてきた。会う都度、彼女のしぐさは様になってきた。ぽっと出の少女が、人間の海を泳ぐ人魚のように艶《あで》やかに、堂に入っている。

鯨井は、女性の環境順応の早さに舌を巻いた。

福澤民子はホステスになりきって、客の隣に坐《すわ》っている。鯨井にちらりと視線を走らせたが、表情はあくまでも未知の他人《エトランジエ》である。

人間の海、東京の夜の隠れ家としてこれほど理想的な環境はない。間接照明が仄暗くあるいは仄明るく、客がホステスと共有している空間をソフトに居心地よく照らし、そして昼はそれぞれの〝戦場〟で激しく戦ってきたにちがいない心身を絶妙の隠れ家が癒《い》やしている。

鯨井にしてみれば、悪の本体を追跡して、この隠れ家にたどり着き、衣の下を鎧《よろい》で固め緊張しているはずでありながら、客やホステスたちと共有している東京の秘所、許された者のみが共有《シエア》できるミステリアスな非軍事地帯に浸って、本来の目的を忘れてしまいそうである。

それぞれの客が順序よくリクエストする曲をピアニストが静かに演奏する。

客ごとに好みがあるはずでありながら、細胞の隅々まで染み込んでくるサウンドが、同じ環境を共有している客たちの合言葉のように時空を満たしている。

バックグラウンドミュージックが客とホステスの会話のプライバシーを柔らかく包み込む。

時折こぼれてくる会話の断片に耳をそばだてるような野暮な客はいない。いるとすれば、鯨井一人である。

鯨井はこれまで、このような環境に身を置いたことはなかった。刑事の言う「いい現場」を渡り歩いて来た前半生である。

刑事にとって「いい現場」とは遺体が転がり血飛沫《ちしぶき》が飛び、血の臭いが立ち込め、被害者の怨《うら》みと犯人の非人間性が「現場百回」と言われるほどに遺留されている時空（環境）である。その現場に到達するまで被害者と犯人はどんな人生を歩んで来たのか。

刑事の使命は正義の実現と真相の発見とされているが、それは犯人と被害者の人生の追跡に他ならない。犯人の人生にぴたりと貼りついて追跡するのが刑事の使命である。

だが、今は使命ではない。私製正義の実現のために怪しい者を追跡している。

現役時代の使命は、今や本人の意志《インサイド》となっている。そしてその個人的意志が東京の夜の隠れ家に入り込んで、むしろその雰囲気にくつろいでいる。現場でくつろいだことは一度もない鯨井が、東京の深海の隠れ家に癒やされている。つまり、私製の正義は、使命ではないのである。

リタイア後の人生は厳しい交通規制に縛られたまま歩道を走っているような感じがした。しかもそれが苦痛ではなく、むしろ快適であり充実している。

ランターンの居心地のよさに本来の目的を忘れかけていた鯨井の耳に、客がリクエストした曲がソフトに哀愁を帯びて忍び込んで来た。

すでに何度も聴いたことのある曲が少しずつ水位を高めるようにひたひたと聴覚を柔らかく満たして来た。

彼の隣に寄り添うように坐っていたマミの頰がいつの間にか濡《ぬ》れていた。

「津軽《つがる》海峡・冬景色」

鯨井は無意識に曲名を口にした。クラシックやポピュラーの洋楽の演奏が予想されていた場面に演歌が演奏されようとはおもわなかった。

しかも、そのサウンドが、これ以上はない絶妙な精密機械の部品のようにぴたりとその場の雰囲気に適合した。

「私、北海道から出て来たばかりなんです」

隣のマミが涙声で言った。

意外なサウンドが遠く離れた郷里を連想させて、センチメンタルになったのであろう。

「上京するとき、船に乗りました。歌詞は北へ帰る人たちをうたっていましたけれど、私は北のふるさとから離れて来たのです。北海道南東部十勝《とかち》平野の中心部に位置する帯広《おびひろ》の隣町にあたる幕別《まくべつ》という小さな町です」

と彼女は言って、体温が伝わるほどに鯨井との距離を縮めた。

彼女は事情があって北の郷里を離れて上京したのであろう。

「ごめんなさい。つい郷里の両親や友人たちを想い出してしまって」

マミが恥ずかしそうに我に返って言った。

時間の経過と共に客は静かに交代していた。「津軽海峡・冬景色」は洋楽に変わっている。

東京に散在する夜の遊び場から、まだ遊び足りない客が移動して来る。

夜が更けてくるにしたがい、ホステスも選《よ》り抜きのプロフェッショナルが増えてきてている。

客も遊び慣れたフォーマルスタイルであり、馴染《なじ》みのホステスを引き付けて悠然としているようである。

夜を惜しむように訪れる客たちは、いずれも昼間は人生という戦場で激しく戦ったあと、戦塵《せんじん》を落としその疲れを癒やすために集まって来ている。

昼間の勝敗いずれにしても戦傷を治癒するのに、この隠れ家に優《まさ》る秘所がどこにあろうか。

彼らはいずれも顔馴染みらしく視線を合わせ軽く会釈し合って、それぞれの指定席に坐る。特に言葉を交わすわけでもなく、指名のホステスと共に、それぞれの透明なカプセルに入ってくつろぐ。奥には個室も用意されている。彼らはいずれも社会の一角に旗を揚げている男たちである。

銀座や赤坂のクラブは、男たちのステータスであり、ビジネスの場所として利用する者が多い。昼間は足下にも近寄れない大物と言葉を交わし、名刺も交換できる。気の利いたママが紹介役を務めてくれて店内で新たなビジネスが生まれることもある。

だが、ランターンでは、非軍事地帯のように、ビジネス（戦場）の話は一切しない。ビジネスを持ち込んでは折角の深海の隠れ家、癒やしの場所が汚れてしまう。ビジネスは持ち込まないのが会員たちの不文律であった。

その癒やしの場所に、私製の正義を隠して、鯨井と福澤民子は潜入したのである。

確かに、ランターンは完成された非軍事地帯であり、鯨井は目的をほとんど忘れている。

ランターンの指定席に座を占めて、あたかも侍女のように傍らに寄り添うホステスと、ほとんど意味のない言葉を時々交わしながら、客がリクエストした曲の演奏を聞き流している間に、人間である限り背負わねばならない人生の重荷《ストレス》が春の氷のように緩やかに解けていく。

鯨井はランターンに通うのが楽しくなった。

非軍事地帯であろうとなかろうと、ランターンはまさに深海のオアシスである。

深夜、ようやく重い腰を上げて〝侍女〟のマミに送られて帰る。

この店には看板（閉店）がない。

朝まで居残る客も少なくなさそうである。彼らも美しい執着を残して帰って行くのであろう。ホステスと共に帰路につく者もいるらしい。

特に時間に制限のない鯨井が、〝侍女〟のマミを誘えば、ついてくるかもしれない。

だが、彼女はまだ入店して日が浅く、店に隠された秘密を知らないであろう。

ほとんど完璧《かんぺき》な癒やしの隠れ家を非軍事地帯どころか、悪の本拠とした巨悪の本体に、鯨井は舌を巻いていた。

ランターンに魅せられれば魅せられるほど、鯨井は巨悪の本体の臭いを嗅《か》ぎつけていた。本体は非軍事地帯の隠れ家に潜んでいる。ただ潜んでいるのではなく、日本の支配階級、大物だけを顧客にしている。

だが、本体を捕らえる前に自分自身が本体の獲物にされそうである。すでに獲物にされているのかもしれない。

ランターンには、オーナーのママ以下、雇われのチーママ、ホステス、庶務係、黒服の店長、数名の黒服、バーテンダー、そしてピアニストと、二十数名の従業員がいる。

この中に本体はいそうもない。客に偽装して時々のぞいているかもしれないが、確認できない。

バーテンダーは酒棚に集めた世界の数百種の酒から客が求める一杯を、キー・ホールにぴたりと適合するキーを差し込むように差し出す。初めての客と向かい合っただけで、客の〝酒味〟をぴたりと当てる神技の持ち主である。

当初、鯨井はバーテンダーを本体ではないかと疑ったが、彼が初対面の鯨井に差し出した〝酒味〟に汚れはまったくなかった。心に汚れのある者には神技は無理である。しかも鯨井の味覚は、精密機械の極微部品である。

「津軽海峡・冬景色」が聞こえてきた夜から、マミは急速に鯨井に心を開いてきた。

そして、ある夜、マミがこれまでとは変わった雰囲気に包まれて鯨井の席についた。

初対面以後鯨井に懐き、客とホステスという関係から、信頼すべき年長者として仕えるようになっている。

「私、もう、先生にお会いできないとおもいます」

と漏らした。

いつの間にか彼を「先生」と称《よ》ぶようになっている。鯨井もあえてその呼称を拒まない。

「郷里に帰るのかい……船に乗って」

と鯨井は問い返した。

「いいえ。私は東京が好きです。帰郷するつもりはありません」

「ほう、東京が好きなのかね」

「はい。東京の人はみんな一見冷たく見えますが、それぞれの人が謎を背負っています」

「謎を背負っている……？」

「田舎では謎を背負っている人なんていません。お互いに顔を知っていて、初対面であっても、どんな人生《くらし》をしているかわかります。東京の人はわかりません。みんな、謎という荷物を背負って、東京の海を泳いでいます。私、それが好きです」

「そうかい。海は深いし、広いし、どんな怖い化け物が泳いでいるか知れないよ」

「怖いけれど、わかりきった沼や湖や池よりも、どんな怖い生き物がいるかわからない海のほうが好きなんです」

「君は『津軽海峡・冬景色』を聴いたとき涙を流したじゃないか」

「はい。津軽海峡は好きですけれど、今は、狭い海峡よりも、広い海のほうが好きになりました。それに、ママからこんなにお金をいただいたのです」

「お金を……それは……田舎よりも給料がよかったのだろう」

「いいえ。給料は田舎とあまり変わりません。初めのうちはママの家に同居して、お店で着るドレスなども貸してもらいました」

「すると、ボーナスかね」

「いいえ。別のお客様に仕えるように、と言われて、給料以外の特別手当をもらったのです。お店にはボーナスはありません」

「特別手当か。別の客とは、どんな客かな」

「なんでも、外国のとても偉い方だそうです」

「外国の偉い人……すると、政治家か、大手のバイヤーかもしれんな」

鯨井の目が光った。

ようやく竿《さお》に魚信が伝わってきたようである。それも大魚である。

この深海の隠れ家「ランターン」はまさに鯨井が照準を定めた本体の拠点であった。

本体はここで、人間の海を泳ぐ美しい人魚を手なずけ、養成して、内外から集まる大物に提供していたのである。その報酬は、国の方針や大企業のビジネスに貢献した謝礼(あるいは口止め料)として、本体から支払われているのであろう。

マミの新たな〝赴任先〟を探れば、本体の正体も割れるはずである。

内外VIPの餌として提供する、深海の美しい人魚は――
一、圧倒的な美形
二、安全
三、健康
四、美味
――でなければならない。マミはその四条件を満たしたのである。

だが、魚信は得たものの、まだ本体が確認できていない。

本体はおそらく政・官・財にパイプがあり、東京の深海に通じている人間にちがいない。

認知症の老人を餌にしていたのは、本体の関連支部であったのであろう。

顧みれば、本体の支部に獲物にされた老人たちは現役時代、政・官・財の要人として活躍していた人間が多い。つまり「知りすぎた老人」である。

本体のクライアントにとって「知りすぎた老人」たちを獲物にするのは、国家や社内の秘密を守るための必須《ひっす》要件であったかもしれない。

秘密のない国や大会社はない。つまり秘密があるからこそ、国や会社のメンテナンスは可能となる。

「本体がメンテナンスの鍵《キー》というわけですか」

「そういうことだ。どんなに有力な政権や、その資金源となる財界であっても、腐敗が進めば崩壊する。新たな政権や資金源が交代しても同じことを繰り返す」

「同じことを繰り返すのであれば、放っておいてもいいのではありませんか」

井草が言った。

「変わり目は新鮮だよ。〝権不十年《けんぷじゅうねん》〟という諺《ことわざ》がある。どんな清廉潔白なクライアントであっても、十年も経てば必ず腐る」

「その十年目というやつですね」

「まだ本体が確認できていない。必ずランターンの中にいる。マミを〝特接〟に選んだのは、本体の眼鏡に適《かな》ったからだ。ランターンを張っていれば、特接の相手と共に、本体が必ず浮かんでくる。臭いがするんだよ。刑事の鼻に臭うんだ」

「すごい嗅覚《きゅうかく》ですね」

「刑事は鼻だけではない。目、耳、味、触覚すなわち手ざわりにも鋭くなければならない」

ランターンに通うごとに臭いはますます濃厚になってきているが、依然として本体が確認できない。この隠れ家の奥に本体は隠れている。隠れ家の中にさらに隠れ家がある、と鯨井は睨《にら》んでいた。

福澤民子が新しい情報をくわえてきた。

「お店で接客する女性には、特接はさせません。マミちゃんがママからボーナスをもらって店外の接客を命じられたのは、VIPの特接ではなくて、お店の常連に目をつけられて店外交際をリクエストされたからではないかしら」

「なるほど。そう言われてみれば、同伴客は店外交際をしているかもしれないな。北の郷里から知る人もいない未知の東京へ出て来て、女一人で生きていくためには店外交際も必要なのであろう」

鯨井が民子に探るような目を送ると、

「ボス、まさか私が店外交際をしているのではないかと疑っているんではないでしょうね」

と民子が問い返した。

「まさか。山交際ならあり得るかもしれんな」

「そう言われてみれば、ボスやみなさんとは山で知り合ったのですものね」

その後、マミは店に姿を見せなくなった。マミは北の奥の郷里から上京して、東京の人間の海を漂流しながら流れ着いた深海の隠れ家が気に入ったようであった。

それがボーナスをもらって急に姿を消したのは怪しい、と鯨井はおもった。

特接を担当する〝特攻隊〟の女性は店には出ない。民子の言う店外交際をしているのであれば、店にも顔を出すはずである。

せっかく鯨井との間に男女関係ではない友人関係が醸成されてきたときに、姿が消えたのはおかしい。

マミは、客がついても友人はいないと寂しがっており、鯨井が東京で初めてできた友人だと言っていた。

しかも、彼女は鯨井を尊敬していた。郷里に残してきた父親のような感じがしたのであろう。

その鯨井を店に〝置き去り〟にした。つまり、鯨井以上に大切で尊敬できる、あるいは金の力で彼女を囲った者が現われたのかもしれない。

そこまで推測の糸をたぐった鯨井は、ふとおもい当たったことがあった。

彼は早速、福澤民子に、

「特攻隊は店に出さないと聞いたが、店の中から、これはと見込んだ女性を選んで、特攻隊に移すことはないかな」

と問うた。

「それは十分あり得ます。特攻隊は常に不足しているそうです。どんなに優秀な特攻隊でも、高齢化していきます。特攻隊の戦力を補給するために、玉転がしが候補女性を探しているわ。実は私も誘われたのです」

「君が誘われた……」

「店長《マスター》が法外な報酬をちらつかせました。私にも未《ま》だそんな色気が残っていたのかと半分驚きながらも、体に隠れた病を持っていると嘘をついて、断わりました」

特攻隊の条件の一つは健康である。

「特攻隊の条件をすべて揃えていれば、直ちに採用されるのかね」

「店の常勤女性にそれとなく聞いたところ、特攻隊候補として採用された女性は、VIPを接遇する特訓をさせられるということです」

「特訓……それはどんな特訓だね」

「常勤のおねえさんの言葉ですけど、まず細密な健康診断、身上調査を経て英語の特訓、美容、髪形《ヘア》、ファッション、和服の着付けなどから、黒服相手にセックスの指導まで受けるそうだわ。その間、軍隊の特殊部隊のように徹底的な訓練を受けると聞きました」

「なるほど。女性特殊部隊の特訓か」

鯨井は現役初期の警察学校における特訓をおもいだした。試験には合格したものの、厳しい特訓についていけずに辞めた者もいた。

警察学校とちがうところは、特訓に対して法外な報酬が出ることである。

そして女性特攻隊員の活躍によって、隠れ家の経営者は莫大《ばくだい》な利益を得、クライアントは、政治、国際関係、ビジネス等において巨大な利益および権力、名誉等を獲得する。店の常勤ホステスも、特攻隊に憧《あこが》れているらしい。一度か二度の特接によって人生が変わるほどの利益が得られる。

その一方で、巨利には危険が伴うことも事実である。

雲の上の秘密を知りすぎた者は、病死や交通事故死、被災や自殺、原因不明死などが多い。

まさに死神の影を伴う特攻隊である。

人生のオアシスのような東京の深海にある隠れ家が、次第に女性の特攻基地として、その輪郭をあらわしてきた。

だが、依然として、特攻基地に隠れている本体が確認できない。

隠れ家の中の隠れ家はどこにあるのか。

特殊部隊の最後の仕上げに、セックス特訓の教官となる黒服たちは、客の前では女性の下僕である。

従業員による店内恋愛は厳禁されているが、黒服と特攻隊訓練生がセックス特訓によって結ばれている。

特訓途上、教官と女性が恋仲となって、店から放逐される場合もあるという。

鯨井は、放逐された元黒服から事情を聞きたいとおもった。

だが、店内結婚した黒服と女性の行方は、杳《よう》としてわからない。

マミのその後の消息は不明のままである。

福澤民子を介して常勤のホステスにそれとなく聞いても、彼女たちも知らないようである。

常連客や常勤の女性たちの顔ぶれも、少しずつ変わっている。

どんなに居心地がよくとも、人生は移動している。その移動によって上る者もあれば、下る者もある。

だが、悪はべったりと張りついて移動しない。「悪貨は良貨を駆逐する」といわれるように、悪は居座り、善は動く。

鯨井は、本体が隠れ家から動いていないと信じていた。

マミが消えて約一ヵ月後、新顔の客がピアニストを見て、

「これは奇遇。親方がこんな隠れ家でピアノを弾いているとはおもわなかった」

と、ピアニストに声をかけた。

ピアニストは表情を改めずに、

「はて、失礼ですが、お初にお目にかかります……」

「磯崎幹事長のお庭で、お会いしましたよ。もっとも、親方はお弟子さんたちに熱心に指図されていたので、ご記憶にないかもしれませんな。

それにしても、著名な作庭師が、この隠れ家で、素晴らしいサウンドを演奏されているとは、驚きです。いや、たいへん失礼申し上げた」

客は鄭重《ていちょう》に詫《わ》びて、席についた。

別の客のリクエストを受けてピアニストは「イマジン」の演奏を始めたが、サウンドが少しブレているように感じられた。

ただいまの奇遇によって、心が乱れたのかもしれない。

その瞬間、鯨井の脳裡《のうり》に閃光《せんこう》が走った。

磯崎幹事長の私邸の庭師・岩木稔の徒弟・中口昇一は、前川道雄を轢殺《れきさつ》した加害者と

して実刑に服している。

与党の幹事長磯崎直義との関係を断つために岩木はピアニストに化けて、隠れ家に潜伏した。

その間、失った収入源を補充するために、金満認知症老人たちを子分たちに襲わせたのではないか。

しかも、被害に遭った老人たちの中には、現政権となんらかの関連があった元官僚たちがいた。

鯨井は岩木が本体である確信を持った。

だが、証拠はない。

折も折、A国政府の高官が準サミット級の会議に出席するために、来日していた。

その高官が、日本随一を誇る東京サンライズホテルのロイヤルルームで死体となって発見されたのである。

遺体が横たわっていたホテル最高級のロイヤルルームのダブルベッドには、明らかに二人で使用していた痕跡《こんせき》があった。

死因は心筋梗塞《しんきんこうそく》と発表されたが、もともと心肥大の高官が、かなり年齢のちがう若い女性に興奮して、正常位では物足りなく猟奇的な体位をとり、オルガスムスの血圧上昇に伴い心不全、あるいは脳出血によって死に至ったと推測された。

政府は仰天し、高官と共にいた女性を速やかに引き離して、とりあえずどこかに隠したのであろう。

会議に出席したA国高官に、政府が特別接待の女性を差し向けたことは、絶対に秘匿しなければならない。

鯨井には、政府や、女性を提供した、政府と切っても切れない関係にある政商の狼狽《ろうばい》が、手に取るように見えた。

「女性が危ない」

おもわず鯨井の口から不安の言葉が零《こぼ》れ落ちた。

特接を担当した女性の口を、政府はなんとしても封じなければならないと焦るにちがいない。

高官の側近や、日本側の高官接遇者、高官を担当したホテル従業員などには厳重な箝《かん》口令《こうれい》が布《し》かれたがすでに人の口に戸は立てられぬというように、高官の猟奇的な死因がマスメディアに知られていた。

だが、彼らも急死場面を目撃したわけではない。目撃者は、高官を特接した女性だけである。

特接女性の口さえ封じ込めれば、あとはなんとかなる。

(もしかすると、高官の特接に当たった女性は、マミではないか)

鯨井は、消息不明のマミと高官の二人がロイヤルルームに一緒にいる場面を想像した。想像は速やかに現実味をおびた。

（マミを死なせてはならない）

だが、鯨井にはすでに捜査権もなければ、マミを公に護《まも》る力もない。

そのとき連想したのは、棟居である。棟居であれば、担当が異なっても、マミを救えるかもしれない。

マミを救えば、本体も確認され、政権と政商の腐敗が明らかにされるであろう。

鯨井の指揮の下、常連たちは、岩木の身辺に網を張った。

「ボスの嗅覚《きゅうかく》に間違いはない。岩木と共にマミはいる。マミの命が危ない。だが、未《ま》だ生きてはいるだろう」

元官僚の北風が言った。

「どうしてそれがわかる」

笛吹が問うた。

「政・官・財は、なるべく殺人を避ける。人を殺す代償は大きい。人を殺せば利益よりも、失うものが大きいと計算する。決して自分の手は汚さない」

「しかし、倉田の秘書を殺しているよ」

万葉が言葉を挟んだ。

「庭師の岩木に依頼して、何重にもクッションを置いた鉄砲玉を使っている」

「その鉄砲玉は逮捕されたが……」

「岩木も鉄砲玉だよ。クッションが一つ減るだけだ」

「この度の犠牲者は、倉田社長の秘書とは格が違う。下手をすれば日A両国の雲の上まで火の手が延びる。それはなんとしても消し止めなければならない。岩木を見張れ。彼の許《もと》にマミは必ずいる。『津軽海峡・冬景色』を演奏したのは、マミを気にしていたからだ。岩木はマミの尋常ではない特接力を見抜いて、特攻隊にスカウトしたのだ。マミは岩木と共にいる。もちろん、携帯は取り上げられている。網を破られるな」

鯨井が言った。

マミがスマートフォンを所持していれば、GPS機能を使って、彼女の位置情報がわかるが、彼女が位置情報サービスの機能をOFFにしていれば、情報を取得できない。

しかしその場合でも、携帯電話は微弱な電波を常に発信しており、電話機のアンテナと基地局間で電波を交信し合っている仕組みを利用して、捜している相手にいちばん近い基地局を把握できる。

その情報は、電話会社のみが知ることができるが、裁判所が発布した令状を持つ捜査機関は、位置情報を収集できる。

だが、携帯またはスマホは、彼女から離れた位置に捨てられているかもしれない。

「岩木の許にマミを発見しても、我々には手出しができませんが……」

井草が問うた。

「拉致《らち》・監禁の現行犯となれば逮捕できるが、その場で証明するのは難しい。岩木ならば、当然、保護する形で、彼女の身柄を確保しているにちがいない。マミにしても、性交中急死した男を、自分が殺したような気がしているであろう。その急場を岩木が救い、保護に見せかけて軟禁している。

拉致・監禁の現行犯として、あとは棟居刑事に任せる」

鯨井は自信のある口調で言った。

「棟居ならば、あらかじめ逮捕状を用意して来るであろう」

鯨井は、常連たちに、岩木の周辺に網を張らせると同時に、棟居に岩木の逮捕を委任した。

棟居の耳にも、A国高官の死は伝わっており、その死因に疑惑を持っていた。

岩木の周囲に厳重かつ巧妙な網が張りめぐらされ、鯨井が予測した通り、岩木のマンションにマミが保護、もとい軟禁されている気配を、忍足の敏感な触覚《アンテナ》が感じ取っていた。

井草は、新聞記者の地を這《は》いずるような取材の、昔取った杵柄《きねづか》で、岩木のマンションのゴミ集積所から、彼らが捨てたゴミ袋を盗んで来た。

ゴミ袋の中身ほど、それを出した主のプライバシーを綿密に語るものはない。

ゴミの主の経済力、人脈、異性関係、職業、趣味、地位、秘密が、食材の残り物、買物のレシート、郵便物、古い写真などに明瞭《めいりょう》に集められて、遺棄されている。

ゴミ袋の中に、明らかに女性が使用したと見られるタンポンや化粧品、口紅を拭《ふ》き取ったティッシュペーパー、ブラッシングして抜けたらしい髪の毛などが認められる。

遺棄されたゴミの中に、北海道幕別町役場が発行した町勢便覧の封筒があった。中身はない。岩木の身辺に、幕別町の出身者はマミ一人である。

ここに、彼女が岩木に軟禁されているという、動かぬ証拠を確保した。

鯨井から委託された棟居は、まずは岩木稔に任意同行を求めた。事情聴取と同時に逮捕状発付の段取りがついている。

岩木のマンションの一室に、保護という形で軟禁されていたマミの身柄は棟居が確保して、いったん鯨井に預けた。

金満認知症老人から甘い汁を吸い集めていた本体は、さらに巨大な腐食の構造の支柱として、改めて逮捕された。

マミの事情聴取、及び岩木稔の自供に基づき、事件の実態が明らかになった。

ここに起訴に十分なだけの客観的な嫌疑ありとされて、訴訟条件が具備された。

事件関連者に国会議員が連なっていたが、逮捕に制限があった。だが、訴追には制限がない。あとは裁判官に委《ゆだ》ねるだけである。

有罪判決をするためには厳格な証明を求められるが、訴訟条件を満たすだけであれば、厳格な証明は求められない。

だが、国会議員は、客観的犯罪疑惑によって起訴されるだけで、政治的生命を失う。

鯨井にとっては、そこまで行ければ十分であった。

私製の正義が、法律的な正義と一致したわけである。

マミは放免されて、帰郷することになった。

羽田まで見送りに行った鯨井に、

「私、すぐ東京に帰って来ます。東京は怖いけど、美しいわ。でも、今度は東京の美しさに惑わされず、真剣に生きていくつもりです。東京で生きるということは、冒険ですけれど、悪い冒険はしないわ。これからは良い冒険だけするつもりです」

と、マミは出発口《デパーチャー》で鯨井に約束した。そのときデパーチャーの前に立ち並んだ常連たちの、

「マミさん、バンザーイ！」

という蛮声が轟《とどろ》き、旅客たちの視線を集めた。

つづいて柚木雅子と福澤民子の、

「マミ……カムバック！」

爽《さわ》やかな声が追いかけた。

鯨井は、西部劇の名作「シェーン」のラストシーンをおもい出した。

そしておもわず、詩の一節を口ずさんだ。

――過ギシ日ハ遠ク昔ノヨウダト、
オ前ハ云ッタガ、過ギシ日ハ近ク
昨日ノヨウダト、僕ハ黙ッテイタ。

（中略）

オ前ハ窓ニ倚《ヨッ》テ、山ヲ見テイタ。

水音ガ微《カス》カダッタ。――

一世の詩人・加藤泰三は、ただ一冊の詩集『霧の山稜《さんりょう》』を残しただけで、理不尽な時代の戦争で、遥《はる》か南溟《なんめい》の戦場、ニューギニアのビアク島で戦死した。

その無念の凝縮が、一編の詩に結晶している。

戦争の代わりに政・官・財が腐敗しているが、戦争よりはましである、と鯨井はおもった。

マミの故郷へ持ち帰る土産は、東京という深海の隠れ家で聞いた寓話《ぐうわ》であるのかもしれない。

解説

山《やま》前《まえ》　譲《ゆずる》

日本人の寿命は世界的にトップクラスを維持している。だが、それだけに人生設計も難しくなっていると言える。たとえばサラリーマンが定年退職した後、何年生きることになるのか。少子高齢化が年金制度への不安を募らせている。健康で文化的な最低限度の生活を営むためには、いったいどれだけの資金を蓄えておけばいいのだろうか。

森村誠一《もりむらせいいち》氏はエッセイ「可能性の狩人」(『人生の究極』収録)などで、人生を大きく三つに区分している。第一期は「仕込み(学生)時代」、第二期は「現役」、第三期は「余生(リタイア後)」だ。

第一期と第二期はまだ将来への希望と夢を抱いて、気力も充実しているに違いない。夢に描いた世界で働くことができなかったり、いわゆるブラック企業に身を置くことになってしまうこともあるかもしれないが、挫折《ざせつ》から這《は》い上がる可能性はある。だが、第三期となると、残された時間をどう生きていくかを常に意識しなければならない。

一方で第三期になって得ることのできるのが自由だ。〝第三期にはなにをしてもよい自由と、なにをしなくてもよい自由がある。そして、自由ということが大変な生き方であることに気がつく〃のだが、そこにじつは大きな可能性があるのだとも森村氏は「可能性の狩人」で指摘している。

「小説 野性時代」に連載（二〇一六年一月号〜二〇一七年三月号）された後、二〇一七年六月にKADOKAWAより刊行された本書『深海の寓話』の主人公である鯨井義信《くじらいよしのぶ》は、その自由に戸惑い、そして可能性になかなか気付くことができなかった。

鯨井は元警察官で、刑事畑一筋で定年を迎えた。警備会社への再就職の誘いもあったが、自由な時間を選択する。ただ、刑事時代とはまったく正反対である自由の無限性と、海のように膨大な時間の使い方に、途方に暮れるのだった。最初は朝寝を満喫したが、何日も経《た》たないうちに現役時代の睡眠不足は解消され、朝寝坊が退屈になる。早朝の散歩もせいぜい三十分だ。図書館は時間を有効に使えるスペースだったが、その静謐《せいひつ》な空間が高圧となって鯨井を締め付ける。

ようやく見付けたのが、環状線の電車である。図書館から借り出した本を読み、季節の移ろいを感じる車窓の風景を愛《め》で、途中下車して食事をする。しだいに環状線の自由に嵌《は》まり込んだ鯨井は、やがて同じように自由を満喫している常連に気付く。会釈を交わす程度の関係でしかなかったが、それもまたほどよい距離感だった。

そんな環状線で事件（？）が起こった。二十代半ばの都会的な女性が、四人の黒服集団に包囲されていたのだ。刑事の嗅覚《きゅうかく》が危険を察知した。鯨井が女性を助けようと思うと、そこに意外な応援が加わる。ほぼ同年代の環状線の常連だった。鯨井が女性に声をかけたことで、黒服集団は電車を降りていく。その女性は新米弁護士だという。何かトラブルを？　環状線の常連たちは、クライアントへ向かう途中まで、彼女を目立たぬようにエスコートするのだった。

この出来事をきっかけにして、リタイア後の自由を持て余していた男たち六人が集う。そして、渋谷《しぶや》の昔ながらの一膳飯屋《いちぜんめしや》「メシア（救世主）」を拠点として、大都会の深海に潜むさまざまな悪と対峙《たいじ》していく……。

棟居《むねすえ》刑事や牛尾《うしお》刑事のシリーズも警察組織のなかでのチームプレイだが、多彩なメンバーによるチームプレイも森村作品で描かれてきた。

その嚆矢《こうし》と言えるのは一九八〇年に刊行された『致死連盟』だろう。埼玉県相武市衛生課の清掃課員に応募するも採用されなかった中高年四人組の目に留まったのは、ガードマン募集のチラシである。そして初めて与えられた業務は、秩父《ちちぶ》の山奥の山荘に籠《こも》っている、元ヤクザの組長だという老人とその孫娘の警備だった。対立するヤクザの襲撃を、四人組がさまざまなアイデアを駆使して迎え撃つ姿が痛快である。

「星シリーズ」とでも言える『星の陣』（一九八九）、『星の旗』（一九九四）、『星の町』（一九九五　文庫で『流星の降る町』と改題）の三長編は、高齢化社会を先取りしたかのような老人の大活躍だ。

『星の陣』は、暴力団に家族を葬られ、心の恋人を殺害されてしまった旗本良介《はたもとりょうすけ》が、秩父の山中に隠されていた旧陸軍の武器を手に復讐《ふくしゅう》していく。その旗本のもとに集まっているのは中隊長時代の部下だ。銀の戦士【シルバー・ウォリアーズ】と呼ばれる彼らが、各々の戦闘技術をフルに発揮して巨大な敵に立ち向かっていく。

『星の旗』の中心にいるのは元特攻隊員の木島一郎《きじまいちろう》である。暴力団の餌食《えじき》となって娘一家が心中し、初めて愛した女性に生き写しの女性までもが毒牙《どくが》にかかってしまう。木島はかつての戦友と平成天誅《てんちゅう》組を結成し、暴力団と悪行を重ねる権力者に立ち向かう。

そして『星の町』は、風光明媚《めいび》な町を組の「首都」にしようとする暴力団が相手である。引退した泥棒、元軍人、射撃の上手な元SPら男女七人の徹底抗戦は、その特技を生かしたさまざまな奇策が痛快だった。

本書『深海の寓話』のグループも多士済々と言えるだろう。ある官庁の大規模な構造汚職の発覚の切っかけを作った北風《きたかぜ》、遠祖が伊賀《いが》の忍者で商社マンとして世界を股にかけた忍足《おしたり》、スタントマン出身の笛吹《うすい》、カメラマンとして世界の戦場を駆け歩いた万葉《まんば》、元新聞記者の井草《いぐさ》――いずれも現役を定年で、あるいは自主的に退職することによって得た自由を持て余し、環状線の常連となっていたのである。

そんな彼らが、女性弁護士に迫った危機を端緒として、日本社会のさまざまな歪《ゆが》みを反映した事件を解決していく。そこには自身の特技やかつての人脈が生かされている。第一期や第二期の人生は、第三期のスプリングボードだったのかもしれない。

鯨井らの活躍の背景には、森村氏ならではの現代社会の闇に向けられた鋭い視線がある。それが森村作品の大きな魅力となってきたのは言うまでもない。

『犯罪同盟』（二〇〇二）での頻発する身寄りのない孤独な男女の失踪《しっそう》事件は、『深海の寓話』の事件と共通するところがあるだろう。都会の片隅にあるスナックの常連四人が、その事件に敢然と立ち向かい、政財界を巻き込んだ巨悪に迫っていく。

人生の敗者復活戦だという『名誉の条件』（二〇〇二）は、勤務先が倒産してしまった商社マンが、亡き盟友が残した暴力団更生会社の社長に転身している。その社長のもとに商社時代の仲間や元刑事らが集う。そして政権与党の疑惑を暴いていく。

スキーバスのダム転落事故から奇跡的に生還した四人の男女が、八ヶ岳《やつがたけ》の山荘で共同生活を始めているのが『誉生の証明』（二〇〇三）だ。犠牲者の妹も迎え、名誉ある余生を送ろうとしたのだが、近隣に新興宗教団体の施設が建設され、立ち退きを要求されたことから、平穏な日常が崩壊してしまう。やはり暴力団や政治家の闇が描かれていた。

『野性の条件』（二〇〇六）では、借金地獄やストーカー被害などで苦しむ人々を救う組織である、「アネックス」に惹《ひ》かれるに違いない。女神のような女性のもとに、窓際族のサラリーマン、作家志望の大学生、無資格の医者、長距離便の運転手、反戦自衛官、国際的なクライマー、芸者、キャバクラのホステス、鍵《かぎ》職人、パイロットなどが集う。そして、独裁国からの亡命少女を匿《かくま》ったことで、それぞれが秘めていた野性が覚醒していくのだった。

グループとして互いに補完することでより強力となった力が、社会の暗部を暴いていく作品だが、そこには画一的な人物はいない。さまざまな葛藤《かっとう》のはてに、自身のアイデンティティを求める人たちがいる。この『深海の寓話』の鯨井らも同じだ。個々のスキルを生かし、悪をターゲットにしてひとつの方向に向かって進んでいくのだが、そこにはやはりメンバーそれぞれの過去が反映された思いも託されている。

そんな鯨井たちの視線の先にあるのはやはり「深海」だ。深海とは一般的に水深二百メートル以上の海域を指すそうだが、高圧で、低温で、そしてもちろん暗黒の世界である。だが、そんな深海にもさまざまな生物が棲息《せいそく》し、最近の知見では不協和音が響き渡っているという。それは社会の深海に蠢《うごめ》いている現代人の叫びと重奏しているようだ。深海のイメージに導かれた森村作品もあった。『深海の迷路』（一九八九）の錯綜《さくそう》する犯罪、短編集『深海の夜景』（二〇一三）の大都会で居場所を見失った人たち、さらには『深海の人魚』（二〇一四）での渋谷のクラブ「ステンドグラス」に集う大物たち……もちろん『深海の寓話』もそうである。

そして本書のもっとも重要なキーワードは「余生」＝「誉生」だ。会社などの社会的なしがらみから解放されたあとの人生は、すなわち第三期は余った人生ではない。それは人生の総決算が行われる時間であり、かつ誉れある生でなくてはいけないのである。鯨井たちは誉生をこの物語のなかで確実に手にしているのだ。

本書は、二〇一七年六月に小社より刊行された
単行本を加筆修正の上、文庫化したものです。
作中の詩は、加藤泰三著『霧の山稜』(平凡社
ライブラリー)より引用しました。

深《しん》海《かい》の寓《ぐう》話《わ》

森《もり》村《むら》誠《せい》一《いち》

令和2年 1月25日 初版発行
令和5年 8月25日 3版発行

発行者●山下直久

発行●株式会社KADOKAWA
〒102-8177 東京都千代田区富士見2-13-3
電話 0570-002-301(ナビダイヤル)

角川文庫 21998

印刷所●株式会社KADOKAWA
製本所●株式会社KADOKAWA

表紙画●和田三造

●お問い合わせ
https://www.kadokawa.co.jp/(「お問い合わせ」へお進みください)
※内容によっては、お答えできない場合があります。
※サポートは日本国内のみとさせていただきます。
※Japanese text only

ISBN 978-4-04-109016-9 C0193

◆◇◇

角川文庫発刊に際して

角川源義

第二次世界大戦の敗北は、軍事力の敗北であった以上に、私たちの若い文化力の敗退であった。私たちの文化が戦争に対して如何に無力であり、単なるあだ花に過ぎなかったかを、私たちは身を以て体験し痛感した。西洋近代文化の摂取にとって、明治以後八十年の歳月は決して短かすぎたとは言えない。にもかかわらず、近代文化の伝統を確立し、自由な批判と柔軟な良識に富む文化層として自らを形成することに私たちは失敗して来た。そしてこれは、各層への文化の普及滲透を任務とする出版人の責任でもあった。

一九四五年以来、私たちは再び振出しに戻り、第一歩から踏み出すことを余儀なくされた。これは大きな不幸ではあるが、反面、これまでの混沌・未熟・歪曲の中にあった我が国の文化に秩序と確たる基礎を齎らすためには絶好の機会でもある。角川書店は、このような祖国の文化的危機にあたり、微力をも顧みず再建の礎石たるべき抱負と決意とをもって出発したが、ここに創立以来の念願を果すべく角川文庫を発刊する。これまで刊行されたあらゆる全集叢書文庫類の長所と短所とを検討し、古今東西の不朽の典籍を、良心的編集のもとに、廉価に、そして書架にふさわしい美本として、多くのひとびとに提供しようとする。しかし私たちは徒らに百科全書的な知識のジレッタントを作ることを目的とせず、あくまで祖国の文化に秩序と再建への道を示し、この文庫を角川書店の栄ある事業として、今後永久に継続発展せしめ、学芸と教養との殿堂として大成せんことを期したい。多くの読書子の愛情ある忠言と支持とによって、この希望と抱負とを完遂せしめられんことを願う。

一九四九年五月三日